とんび侍喧嘩帳

永井 義男

学研M文庫

本書は文庫のために書き下ろされた作品です。

目次

男谷家・勝家 系図

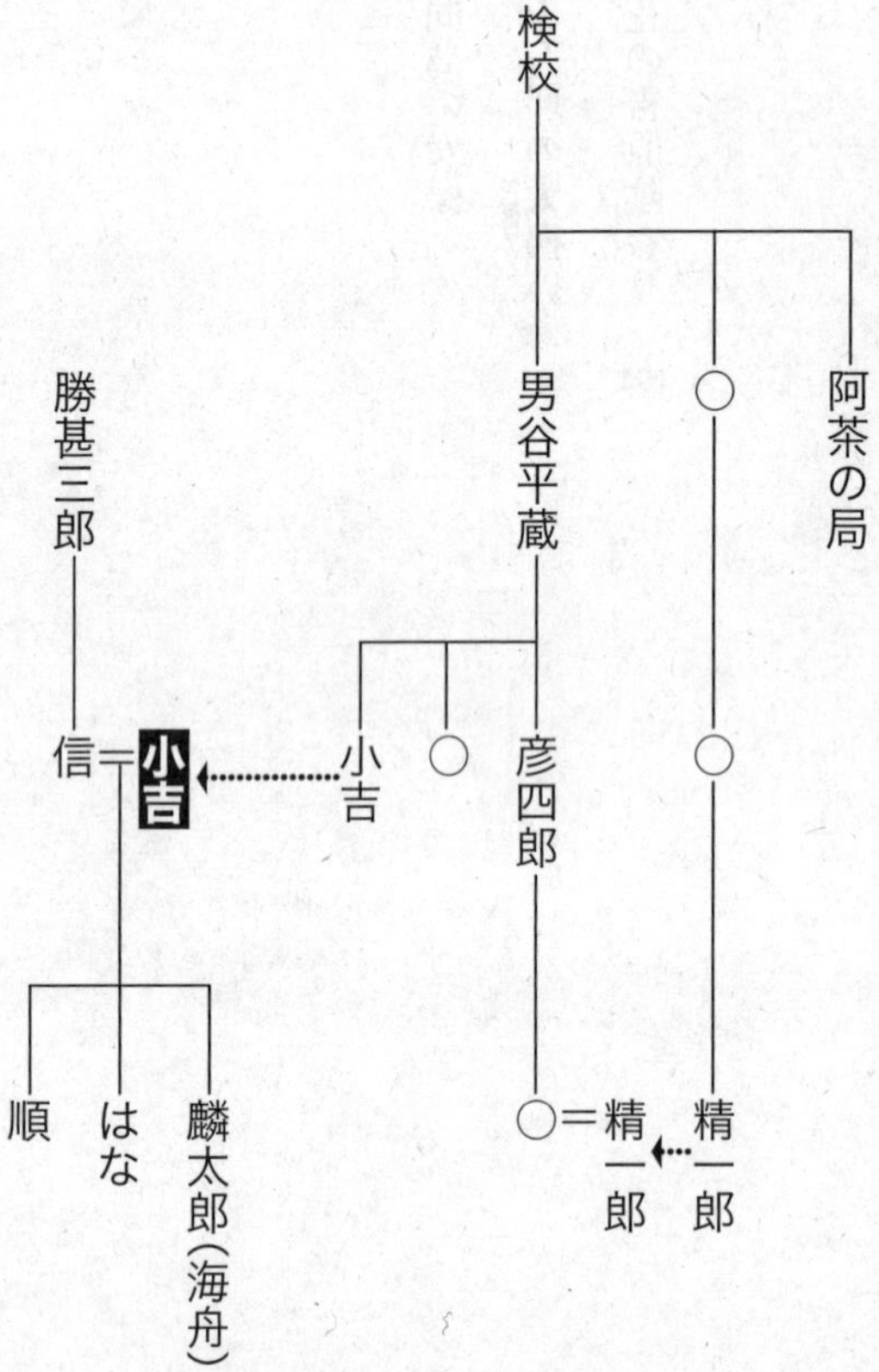

第一章　向島の女傑《じょけつ》

（一）

おもしろくなかった。

蒸し暑い上に、蚊遣火《かやりび》の煙が家のなかにこもっている。昼間でものさばっているため、蚊遣火いくら本所《ほんじょ》の名物とはいえ、蚊には閉口《へいこう》だ。

を焚《た》かざるを得ない。

手枕で寝転がっていると、無闇《むやみ》と腹が立ってくる。

バタバタと自棄《やけ》のように団扇《うちわ》であおぎ、まとわりつく煙を追い払った。

おもしろくないのは、べつにいまに始まったことではない。生まれ落ちて以来と言えば大げさだが、物心ついてからというもの、俺はずっとおもしろくなかった。

他人は驚いて、

「勝《かつ》さんくらい好き放題、やりたい放題をやってきた人はいないでしょうよ」

と、言うかもしれないな。

まあ、無茶で馬鹿なことをやってきたのはたしかだ。衣類は人の着ぬような絹物のけっこうな物を着て、甘いものは食い放題、女郎買いは好きにやって、あちこちで荒っぽい喧嘩《けんか》をして、わがままいっぱいやってきたが、これまで、べつにおもしろくはなかった。

とにかく、金がなくては身動きが取れない。

このところ生活に窮《きゅう》していた。

本所の勝小吉《こきち》といえば本所一帯はもちろんのこと、浅草《あさくさ》、下谷《したや》にかけてもちょいとした顔だ。頼まれて無頼漢《ぶらいかん》を取り押さえたり、揉《も》め事を裁いてやったりしていたので、あちこちから謝礼をもらうことが多かった。方々から付け届けも絶えないし、羽振りがよかった。二階を建て増しして、十人近い居候《いそうろう》を置いていたほどだ。

ところが、数年前、大病をして寝込むは、日ごろの不行跡《ふぎょうせき》がたたって押込めになるはで、すっかり世間から遠ざかってしまった。いまでは、居候もいない。

倅《せがれ》の麟太郎《りんたろう》も所帯を持ち、すでに家を出た。いまは赤坂田町に住み、蘭学《らんがく》とやらにはげんでいると聞く。

家にいるのは女房のお信《のぶ》と、娘ふたり、それに年老いた下男と下女だけだ。すっかり寂しくなった。

六、七年前から、お信は体が弱り、寝たり起きたりの生活になっている。考えてみると、ずいぶん苦労をかけた。気に入らないことがあると、すぐ女房にあたり散らし、殴《なぐ》ったものだ。病身になったのはそのせいかもしれぬと思うから、このごろでは隠居《いんきょ》さまのように大事にあつかってやっているわ。

それにしても、おもしろくない。

こういうときは吉原で気散《きさん》じをするのが一番なのだが、女郎買いをする金もないときているから情けない。ぶらりと浅草あたりでも歩いてこようかと思った。ちょいと顔を出し、「このところ、工面《くめん》が悪くてな」と言えば、金を用立ててくれる人間はたくさんいる。これまで、俺がさんざん面倒を見てきた連中だからな。よし、出かけよう、と思いかけたときだった。

玄関に人が立った。

「お頼み申します。勝さまのお屋敷はこちらでございますか」

年は五十を超えているであろう。

ひたいに玉の汗が浮いていた。上の前歯が一本、欠けている。

花色木綿の単衣《ひとえ》を尻っ端折りし、御納戸《おなんど》小倉の帯を締めていた。足元は草鞋《わらじ》ばきである。下男のようだったが、武家屋敷の奉公人には見えない。かといって、大きな商家の奉公人のようでもなかった。

男は大真面目なのだろうが、「勝さまのお屋敷」には苦笑した。

住んでいる家は借地だからな。

地主は岡野という。

岡野家は千五百石の旗本で、本所入江町《いりえちょう》にある拝領《はいりょう》屋敷の敷地は五百四十坪ほどある。その敷地の一部を借りて、「勝さまのお屋敷」なるものが建っているわけだ。

「拙者《せっしゃ》が勝だが。なんの用だ」

取次ぎをする若党もいないから、自分で玄関に出た。

男は頭をさげたあと、手紙を取り出した。

「あたくしは、牛《うし》の御前《ごぜん》の近くにございます、ケイセイ庵《あん》からまいりました。ハツセさまがぜひ、勝さまにお越しいただきたいとのことでございます」

牛の御前は向島《むこうじま》の、隅田川のほとりにある神社だ。

ケイセイ庵と聞いて、すぐに連想したのは「傾城」だ。ハツセという名も、いかにも女郎っぽい。

「牛の御前の近くにあるケイセイ庵、ハツセ……。聞いたことがないな。ケイセイ庵は、吉原の妓楼《ぎろう》の寮か」

と、問い返した。

てっきり、ハツセは寮で病気療養中の女郎と思ったのだ。

男は困りきった顔になり、

「委細《いさい》は、ここにしたためてございます。ともかく、ご一読いただき、ご足労《そくろう》願えますでしょうか。あたくしが、ご案内いたします。駕籠《かご》も用意してございますので」

と、封書を手渡す。

受け取り、封を開こうとしたところに、別な男が飛び込んできた。

「勝さま、騒動がおきましてね。この騒ぎは、勝さまでなければ収められそうにありやせんや。これからすぐ、来てくださいな」

顔見知りの佐吉《さきち》だった。

玄関の土間に立って、肩で息をしている。足元は、はだしだった。

三十四、五歳で、色の浅黒い、苦《にが》みばしった顔をしている。弁慶縞《べんけいじま》の帷子《かたびら》を着て、黒糸織の帯を締めていた。帷子を尻っ端折りしているため、緋《ひ》縮緬《ぢりめん》のふんどしが見えていた。ふところから、裏合わせにした麻裏草履《あさうらぞうり》がのぞいている。草履をはいていてはうまく走れないため、ふところに押し込んで、はだしになって駆けてきたのであろう。

「佐吉か。どうした、血相変えて」

「三囲《みめぐり》の茶屋で、水戸さまご家来が居直ってしまいやしてね。忠助《ちゅうすけ》という男と、お藤《ふじ》という娘が人質に取られています。どうにかしてやってください。入江町の河岸《かし》場に猪牙《ちょき》を待たせています」

「水戸の連中か。何人だ」

「ふたりです」

「そうか。よし。くわしい話は、道々聞こう」

急に元気が出てきた。

成り行きを見て、さきほどの下男が、

「あたくしのほうは、どうなりましょうか」

と、おろおろしている。

下男の来訪が早かったのはたしかだが、どう考えても佐吉が持ち込んできたほうが緊急だ。

「おい、着替えを出してくれ」

と、命じた。

かつてなら、お信がいそいそと着替えを手伝ったものだが、いまは役に立たない。代わって、十歳になる下の娘のお順《じゅん》が簞笥《たんす》から着替えを出した。姉おはなよりも、妹のほうが手際《てぎわ》がよい。

紺絣《こんがすり》の薩摩上布《さつまじょうふ》に、紗《しゃ》の小紋の羽織を着込んだ。もちろん、袴《はかま》はつけない。帯に両刀をねじ込んだあと、念のために、鉄扇《てっせん》をふところに入れた。さきほど、下男から受け取った手紙もふところにおさめた。

さあ、これでよい。

「さあ、行くぞ。案内しろ」

草履に足をおろした。

途端に、下男が佐吉に喰ってかかった。

「わしのほうが先ですぞ」

「てやんでえ、こっちは人の命がかかっているんだ」

「いや、わしのほうが先です。さもないと、わしの役目がはたせません」

玄関の土間で、ふたりは取っ組み合いを始めんばかりだった。

双方から引張凧《ひっぱりだこ》になっていると思うと、なんとも気分がいい。

俺があいだにはいり、泣きべそをかいている下男をなだめた。

「わかった、わかった。きさま、ケイセイ庵は牛の御前の近くと言ったな。三囲稲荷《いなり》社《しゃ》のすぐ近所ではないか。まず三囲を片付けてから、その足で牛の御前に行く。きさまは、先に帰っていろ」

「それでも、駕籠を待たせております」

「じゃあ、きさまが乗って帰ればどうだ」

そう言い捨てると、俺は佐吉にともなわれてさっさと歩き出した。

岡野の屋敷の門を出てしばらく行くと、武家地から町屋になる。その町屋を抜けると、掘割の横川に突き当たる。

河岸場に、一艘の猪牙舟が待っていた。

＊

もともと俺は、男谷平蔵《おだにへいぞう》の三男に生まれた。

男谷家は家禄《かろく》百俵の旗本《はたもと》だが、三河《みかわ》以来の家柄というわけではない。なんせ、祖父《じい》さんは盲の金貸しだからな。

祖父さんは十七、八歳のとき、わずか三百文を持っただけで、杖《つえ》を頼りにたったひとりで越後から江戸に出てきたという。その後、金貸しをして、一代で巨万の富を築き、盲人としては最高の検校《けんぎょう》の位についた。

死んだとき、祖父さんは三十万両もの金を遺したそうだ。さぞ高利で金を貸し、取り立てもあこぎだったのだろうよ。

それにしても、一種の傑物《けつぶつ》だろうな。

祖父さんは死ぬ前、倅の平蔵に三万両以上の遺産をあたえ、男谷家の株も買ってやった。いわば、金で旗本の身分を買ったようなものだ。こうして、盲人の金貸しの倅である平蔵が、旗本男谷平蔵に成り上がった。

男谷平蔵は小身の旗本だったが、なんせ祖父さんの遺産があるから裕福だった。三男の俺にも、身が立つようにしてくれた。

文化《ぶんか》五年（一八〇八）、旗本の勝甚三郎《じんざぶろう》が死んだ。すでに女房は死んでいて、遺されたのは母親と娘のお信の、女ふたりだけだった。このままでは、勝家は断絶である。

そこで、平蔵が持参金をつけて、俺を勝家の養子に入れたのだ。もちろん、ゆくゆくは俺とお信は夫婦になるわけである。七歳のときだ。こうして、俺は勝小吉となった。

勝家を相続するに際して、俺は前髪を落として月代《さかやき》をし、組頭のところに挨拶に行った。

「名はなんと言うか。年はいくつか」

「小吉でございます。当年十七歳でございます」

「ほう、十七歳にしては老《ふ》けておるな」

組頭は大きな口をあけて笑った。

七歳を十七歳といつわるのだから、形式を取り繕《つくろ》うというより、もう無茶苦茶だな。茶番といってもよかろう。組頭もすべてわかっていたのだ。武士なんぞ、そんなものさ。お家の存続がなにより大事というわけだ。

俺は勝家の当主になったものの、義理の祖母と、幼いお信の三人暮らしだ。とても暮らしは成り立たないから、父の平蔵が自分の屋敷にまとめて三人を引き取った。

もちろん、こんないきさつはあとで知ったことで、当時の俺はなにもわからずに遊び暮らしていた。とにかく学問は嫌いで、あちこちで喧嘩《けんか》ばかりしていた。二十歳過ぎるまで自分の姓名すらろくに書けないくらいで、ほとんど読み書きもできなかった。いま思うと、恥ずかしいかぎりだ。

剣術は直心影流《じきしんかげ》の道場にかよったが、黙々と稽古《けいこ》をするより、他流試合が好きだった。あちこちの道場を荒らしまわったが、まず、他流試合で負けたことはなかった。いわば、喧嘩剣法だな。配下を引き連れてのし歩き、剣術使いとしての名は高まった。

長ずるに従い、男谷家の父や兄の金を勝手に持ち出しては遊びまわった。

初めて吉原に行ったのは十六歳のときだ。無断で出奔《しゅつぽん》して、東海道を放浪の旅に出たこともある。

父や親類一同は俺のことを、「柄《え》の抜けた肥柄杓《こえびしゃく》」と呼んで、眉《まゆ》をひそめていた。どうにも手がつけられないという意味だ。要するに、俺は下肥《しもごえ》同然の鼻つまみで、持て余し者だった。

十八のときに、お信と祝言《しゅうげん》をあげたが、俺の放蕩《ほうとう》や暴れん坊ぶりはやまなかった。ついには、激怒した父の平蔵から、三畳の座敷牢に入れられてしまった。二十一の秋から二十四の冬までだ。

これは、さすがにこたえた。このとき、俺は一念発起《いちねんほっき》し、手習いをして読み書きを覚えたのだ。

お信と所帯を持って、俺は名実ともに勝家の当主となったわけだが、小普請組《こぶしん》だから幕臣としての仕事はなにもない。家禄も、四十一俵一斗二合六勺九才二人扶持《ぶち》という微禄《びろく》だ。おまけに、俺が道楽をするから、とうてい家計は成り立たない。かといって、傘張りや提灯《ちょうちん》張り、春慶塗《しゅんけいぬり》などの辛気《しんき》臭い内職をするのは真っ平だった。外に出て、切った張ったの遣り取りをするほうが性に合っている。そこで、刀剣の目利《めきき》を稽古して、各地の道具市で刀の売買をした。

四十歳を前にして俺は隠居し、家督《かとく》を倅の麟太郎に譲《ゆず》った。

隠居後は道具市で商売をしたり、よろず揉め事の仲裁《ちゅうさい》で謝礼をもらったりして生計を立てていたが、俺が相変わらずあちこちで散財《さんざい》するものだから、いつも家計は火の車だった。おまけに、先述したように、大病をしたり、押込めにあったりしたために商売にも出かけられず、このところどん底だったのだ。

（二）

乗り込むに際して、佐吉が、

「おい、急いでくれ」

と、祝儀を放り投げたため、船頭も張り切り、懸命《けんめい》に櫓《ろ》を漕《こ》いでいた。

それでも、客がふたり乗っているから、さしもの船足の速い猪牙舟も水の上をすべるように走るというわけにはいかない。とはいえ、歩いていくよりははるかに早いし、楽だがな。

ギイ、ギイと櫓がきしむ。

横川を北に進む舟は、長崎橋の下をくぐり抜けた。

「勝さまがご本復《ほんぷく》されたということは、風の便りでうかがっていたものですから、お願いにあがったしだいでしてね。勝さまがにらみを利《き》かせてくれていたころは、それなりに治まっていたのですが、最近はタチの悪い連中が多くなりやした。このあたりでガツンとやっておかないと、しめしがつきません」

「前口上はそのくらいで、揉め事とやらのいきさつを早く話しな」

「へい。三囲の境内《けいだい》に筵《むしろ》掛けの講釈場《こうしゃくば》を出して、『三国志』をやっていたのですがね」

佐吉は、寺社の境内で見世物や講談などの興行をやっている。いわば香具師《やし》だ。

俺が道具市で刀剣の売買をやっていたことから知り合った。興行をやっていると、地廻やくざと揉めたり、タチの悪い客が暴れたりすることがある。そんなとき、俺が乗り出し、騒ぎを収めてやったものだ。

「なんだ、『三国志』をやっていたのか。知っていれば、俺も退屈しのぎに聞きに出かけたのだがな」

「たまたま人手が足りなくて、木戸番を忠助という男に任せたのです。運の悪いことに、刀をビンゴ差しにした、水戸さまご家来のふたり連れがやってきましてね。例によって、

『通せ』

の一言です。

威張《いば》って、そっくり返ったかっこうを見れば、水戸さまご家来というのは一目瞭《いちもくりよう》然《ぜん》なのですが、たまたま忠助は知りませんでしてね。ふたりが木戸銭を払わずに木戸口を通ろうとするのを見て、馬鹿正直に、

『お侍さん、木戸銭を払っておくんなさい。おひとり、わずか三十六文でござんす』

と、やっちまったんですよ。

ふたりが怒ったの怒らないの。

『無礼者め』

と言うなり、忠助を番台から引きずりおろして、殴る蹴《け》るの乱暴です。

このとき、忠助がすぐにあやまっておれば殴られ損、蹴られ損ですんだのでしょうが、向こう意気の強い野郎で、

『てやんでえ。さあ、殺せ』

と、啖呵《たんか》を切っちまった。

『ようし、では、望みどおり、無礼討ちにしてやる』

とばかり、ふたりは襟首《えりくび》をつかんで忠助をズルズルと引きずって行きます。

ちょうど水茶屋の前まできたところで、茶屋娘のお藤がそれを見て飛び出し、

『おや、忠さん、どうしたんだい。

お武家さま、お許しください』

と、止めようとしました。

忠助とお藤はいい仲だったようですがね。まあ、それはともかく。

水戸のふたりにとっては、もっけのさいわいですよ。もともと、忠助を殺すつもりなんぞありません。お藤が飛び出してきたのをいいきっかけに、そのまま茶屋にはいり込んでしまいましてね。けっきょく、ついでにお藤も人質に取ってしまい、

『おい、酒を出せ』

などと言いながら、詫《わ》びがはいるのを待っているというわけです。

詫び金を巻きあげ、茶屋の酒代も払わせ、『以後、気をつけよ』と、威張って引きあげるつもりなのでしょうがね。

もちろん、わっしが平身低頭して、

『このたびは、あたくしどもの若い者がとんだ不調法《ぶちょうほう》をいたしまして、申し訳ござい

ません』と、相手の顔を立て、いくばくかの金を包んで渡せば、手っ取り早くカタがつくんですがね。

べつに、わっしは頭をさげたくないわけでも、金を惜しんでいるわけでもありやせん。もともと、横暴《おうぼう》なのは向こうさんですぜ。こっちがあやまり、金を出すなんて、どう考えても理不尽《りふじん》です。あんまり業腹《ごうはら》じゃぁありやせんか。ここはひとつ、ふたりにギャフンと言わせてやりたくってね。となると、勝さまにお願いするしかありませんや。

まあ、こういうわけなんですよ」

「なるほどな。聞いているだけで、むかっ腹が立ってくるぜ」

水戸藩士の横暴は、俺もよく知っていた。

御三家をカサに着て、あちこちで威張り散らしている。刀を「水戸のビンゴ差し」にして、つまり両刀を前後水平にたばさみ、多数で連れ立ち、肩で風を切って江戸の町を練り歩く。すれちがうとき、ビンゴ差しにした刀の鞘《さや》にうっかり体が触れようものなら、無礼者と一喝《いっかつ》して、殴りつける。

連中がのし歩いていると、その風体《ふうてい》からすぐに水戸藩士とわかるため百姓町人は恐がって道を避けるのはもとより、揉め事になるのを嫌って幕臣や諸藩の藩士ですら敬遠するほどだ。

寄席、芝居、見世物でも木戸銭は払わず、「通せ」の一言でゾロゾロと集団で木戸口を押し通り、ただ観をする。後難を恐れて木戸番も黙認しているから、ますます増長するというやつだ。

「ようし、ギャフンと言わせてやるぞ」

俺は猛然《もうぜん》と闘志が湧いてきた。

相手が十人、二十人となると話が別だが、たったふたりだ。なんてことはない。

百姓町人をおどして威張っているだけで、どうせ剣術などろくに稽古をしたこともない連中だ。まして、刀を抜いたことなど、生まれてこのかたあるまいよ。

それは水戸藩士にかぎらず、幕臣も、諸藩の藩士も同じだがな。

その点、こちらはこれまでさんざん修羅場《しゅらば》をくぐってきている。抜身を振りまわす喧嘩なんぞ、数え切れないくらいだ。

久しぶりで俺は血が騒ぐのを覚えた。このところ、すっかり忘れていたゾクゾクするような気分だ。

そういえば、思い出した——。

＊

たしか十七歳のころだ。そのころ、俺は「喧嘩の稽古」と称して仲間を引き連れ、しきりに各地の祭りなど、人の集まる場所に出かけていた。喧嘩の種《たね》をさがして歩いていたようなものだ。

師走《しわす》の十七日、浅草の浅草寺《せんそうじ》に繰り込んだ。

十二月十七、十八の両日は浅草寺の境内で年の市が開かれる。

境内はもとより、浅草寺周辺の町の通りにはお神酒徳利《みきどっくり》、三方《さんぼう》、門松《かどまつ》、注連飾《しめかざ》り、橙《だいだい》、海老《えび》などの正月用品を売る屋台店がずらりと並ぶ。そのほか、植木屋や花屋も商売物を広げている。人々がどっとつめかけ、大変なにぎわいだ。

そんな買物客で混雑しているなかを、数人連れの水戸藩士がわがもの顔でのし歩いていた。

こちらは、もとより喧嘩をしたくってウズウズしているところだ。わざと、相手のビンゴ差しにしている刀の鞘にぶつかってやった。

「無礼な」

「無礼も糞もあるか。こんな人ごみのなかを、刀をつっぱらかして歩くな」

と言いざま、相手の横っ面を張り飛ばした。

もちろん、相手は真っ赤になって激怒する。

「なにをするか、きさま」

「なんだ、やるか。相手になってやろう」

あとはもう、おたがいに刀を抜いて渡り合うという大喧嘩になった。

女が「キャー」と叫んで逃げ惑《まど》う。子供が転んだのか、火がついたように泣き出す。

男たちが「喧嘩だ、喧嘩だ」と叫ぶ。

もう、大騒ぎだ。

チャリン、チャリンと、刃《やいば》と刃がぶつかる。

ひとつ間違えば、斬り殺すか、斬り殺されるか。その緊迫感がなんともいえない。

相手の刀と思い切り撃ち合ったとき、俺の刀が鍔元《つばもと》から三寸(約九センチ)くらい上のところでバキンと、あっけなく折れてしまった。このときばかりは、背筋が冷たくなった。

すかさず、相手が肩口に斬り込んで来た。

一瞬、俺もやられたと思ったが、分厚い綿入を着込んでいたため、体に傷はつかなかった。あとで調べてみると、下に着た襦袢《じゅばん》まで裂けていた。危ないところだった。間一髪《かんいっぱつ》とはまさにこのことだろうよ。

けっきょく、水戸藩士を蹴散らし、適当なところで引きあげたが、相手はかなり怪《け》我《が》をしていたろうよ。こちらは、ひとりも怪我人は出なかった。

若いころから、こんな乱暴なことばかりやってきた。当時、俺と一緒になって喧嘩をして歩いていた連中はその後、みなぶち殺されるか、行方知れずになるかして、いまはひとりもいない。俺だけは四十五のこの歳まで身に傷ひとつ負ったこともなく、こうしてのうのうと生き延びている。よほど運がよかったのであろうよ――。

「そんなわけで、これからは時々、見まわってくださいな」

煙管《きせる》の煙草に火をつけたあと、佐吉が言った。

俺もこれを機会に、また外に出ようと思った。

「そうだな。あちこち、ぶらつくことにしよう」

「刀の商売はもう、やらないのですかい」

「体もよくなったから、そろそろ、また始めようかと思っておる。そうでもしないと、食っていけなくてな」

「そのときは、声をかけてください。できるだけ便宜をはかります」

「うむ。その節は頼むぞ」

長崎橋の下をくぐり抜けた舟は、続いて法恩寺橋《ほうおんじばし》、業平橋《なりひらばし》をくぐり抜けた。

業平橋を過ぎたあと横川は左に折れ、名称も源森川《げんもりがわ》と変わる。

源森川をくだっていくと、右手に広大な大名屋敷があった。御三家である水戸藩徳川家の下《しも》屋敷だ。

「三囲に来た連中は、ここに住んでいるのかな」

「そうかもしれません。退屈しのぎに、ぶらりと出かけてきたのかもしれやせんね」

やがて、河口に架《か》かる源森橋をくぐり抜けると、舟は隅田川にはいる。

いったん隅田川にはいったあと、舟は川をさかのぼる。右手には相変わらず、水戸藩下屋敷の高い塀《へい》が延々と続いていた。

（三）

「いい天気だな」

隅田川を吹き渡る風が頬をなで、なんとも心地よい。

さきほどまで本所入江町の家でくすぶっていたのが嘘のようだ。

佐吉の頼みがなければ、俺はこのままずっと猪牙舟で涼《すず》んでいたい気分だった。

左手に目をやると、こんもりと緑が繁茂《はんも》した丘と橋が見えた。待乳山聖天社《まっちやましょうでんしゃ》と、山《さん》谷《や》堀の河口に架かる今戸橋《いまどばし》だ。

視線を川のはるか彼方に向けると、ふたつの峰を有する山容が青く霞《かす》んでいる。筑波山だ。

右手を見ると、高い土手が続いている。

土手から、三囲稲荷社の鳥居の笠木《かさぎ》と、高級料亭「平岩」の軒が姿をのぞかせていた。鳥居も平岩も土手の向こう側にあるため、隅田川に浮かんだ舟からながめると鳥居の上のほうと、建物の軒先しか見えない。

渡し舟が前途を横切り、三囲稲荷社のほうに向かっていた。

今戸橋の際《きわ》と、三囲稲荷社の鳥居下とを結ぶ「竹屋の渡し」だ。

とっくに花見の季節は終わったが、竹屋の渡しに乗って向島のあたりに遊びに行く人間は一年を通じて絶えることがない。三囲稲荷社に参詣《さんけい》し、料理屋で名物の鯉《こい》料理などを賞味するというわけだ。なかには、芸者を連れ出し、料理屋や茶屋の奥座敷で転《ころ》ばす男もいる。

渡し舟には行商人や百姓のほかに、いかにも行楽らしい老若男女が多数乗り込んでいた。まあ、芸者を連れ出す男は渡し舟には乗らない。柳橋あたりで屋根舟を雇うだろうよ。

川面《かわも》には、それらしき屋根舟も浮かんでいる。簾《すだれ》をおろしているところを見ると、早くも舟のなかで客と芸者が乳繰《ちちく》り合っているのかもしれないな。祝儀をもらった船頭は見て見ぬふりというわけだ。

そのほか、三囲稲荷社の参詣を口実にして吉原に繰り出す男も多い。

亭主はみめぐり女房はうたぐり

という川柳を耳にしたことがある。

亭主の帰りがおそいので、三囲稲荷社ではなく、対岸の吉原に行ったのではなかろうかと、女房は疑い始めたというわけだ。

渡し舟を見ていた佐吉が、船頭に言った。

「おい、渡し舟よりも先に着けてくんなよ。桟橋でかち合ったら大変だ」

「へい、承知しやした」

それまでの櫓から、船頭は棹《さお》に切り替えた。

棹を使って、猪牙舟を桟橋に接岸させる。

「へい、お足元にお気をつけください」

船頭が桟橋に、俺と佐吉の草履をそろえた。

桟橋に降り立ち、草履に足を通す。

足音に驚いたのか、小魚の群れがスーッと移動していくが、不思議なことに、すぐにもとの場所に戻ってくる。みな同じ方向を向いて泳いでいた。

鼻緒《はなお》の抜けた下駄の片方だけが波に打ち寄せられ、棒杭《ぼうくい》にまとわりついている。

「待っていましょうかねぇ」

と、船頭が気を利かせた。

それを受け、佐吉が俺にたしかめる。

「舟をどういたしやしょう。待たせておきやすかい」

「帰すがいい。俺は、牛の御前にまわらねばならぬからな」

「ああ、そうでしたね。さきほどの爺《じい》さんが首を長くして待っていますからな。

これ、船衆《せんしゅう》、ご大儀《たいぎ》、ご大儀。いいとさ。帰らっせえ」

「へい。それじゃあ、旦那、ご機嫌よう」

船頭が頭をさげ、棹で岸辺を突いた。

ゆっくりと、猪牙舟が桟橋から離れていく。山谷堀あたりの船宿の船頭であろう。

これから船宿に戻り、昼飯かもしれない。

入れ代わるように、渡し舟が接岸する。

桟橋からあがったあと、俺は佐吉と連れ立って土手にのぼっていった。

土手の桜は葉を茂らせていた。とっくに花は散っている。

花見の時期には、この土手にどっと人の波が押し寄せる。向島の隅田川堤は、江戸でも有数の桜の名所だからな。

ことしは、三月の中旬が満開だった。

考えてみると、ことしは花見をしないままだった。そのころ、自分がなにをしていたのか思い出そうとしたが、なにも頭に浮かんでこない。思い浮かばないというのは、要するに家のなかでくすぶっていたということであろう。

いったんのぼった土手をくだると、舟から笠木だけが見えた鳥居が立っている。鳥居をくぐると、参道が田んぼのなかをまっすぐにのびていた。参道の向こうに、こんもりと木々が繁り、枝葉のあいだから社殿の屋根が姿をのぞかせている。三囲稲荷社だ。

参道の両側には松の木が植えられ、地面には影が落ちていた。左右の田んぼでは、稲の葉っぱが風にそよいでいる。

頭上では、ピイピイと雲雀《ひばり》がさえずっていた。空の一点にとどまり、せわしなく鳴いている雲雀はあまり好きではない。高く、広く空を舞っている鳶《とんび》のほうが俺の性分にあっている。考えてみると、これから三囲稲荷社、そのあとは牛の御前に飛んでいく。まるで鳶になった気分だ。

参道を行く人の流れは引きも切らない。

「親方」

と、若い男が呼んだ。

木綿縮の単衣を尻っ端折りしていた。佐吉の子分らしい。

参道で待ち受けていたのだ。

「おう、権助《ごんすけ》か。その後、どうだ」

「変わりはありやせん。相変わらず茶店に立てこもって、酒を喰らっています。稼《かせ》ぎ時に居座られてしまい、ほかの客は逃げ出してしまうし、茶屋の女将《おかみ》は踏んだり蹴ったりで、泣いていますぜ」

「忠助と女に変わりはないか」

「へい。いまのところ、とくにひどい目にあわされている様子はありやせん」

「そうか、よし。勝さまに来ていただいたから、もう大丈夫だ」

子分が俺のほうを見て、

「へい、お噂はかねがね。権助でごぜいす」

と、ぺこりと頭をさげた。

どうせ、ろくな噂ではあるまいが、

「うむ」

と、軽くうなずいておいた。

(四)

境内は多くの人出でにぎわっていた。

「おかけなさい。にゅうめん、冷素麵《ひやそうめん》。お休みなさい。お煙草あがりませ」

茶屋女が店先に立ち、客引きをしている。

玉子焼の屋台では、

「あげたて。お土産《みやげ》にお召しなさい」

と、声を張りあげていた。

「当卦本卦《とうけほんけ》の占い。お願い、お望みの考え、失せ物、待ち人」

は、大道易者である。

ざっとながめただけでも、屋台店で赤飯、麦飯、草餅、蕎麦、酒、白酒、粟餅、菓子、慈姑《くわい》の煮付けなどを売っていた。

煮しめなどをおかずにした弁当を売っている屋台があった。折詰も、竹の皮で包んだものもある。

鰻《うなぎ》の蒲焼《かばやき》を団扇《うちわ》でバタバタあおいでいる夫婦者もいれば、早くも西瓜《すいか》や真桑瓜《まくわうり》を切り売りしている男もいた。

境内を進んでいくと、ぽっかりと空白のような場所があった。人通りが絶え、妙に静かだ。

「あの茶屋でさ」

佐吉が小声でささやいた。

葦簀《よしず》張りで、表に床机《しょうぎ》が出ている。奥に、ちょっとした畳敷きの座敷もあるようだった。

なにも気づいていないふりをして、茶屋の前を通り過ぎた。横目ですばやく、なかの様子をうかがう。

水戸藩士は、奥の座敷にあぐらをかいて座っていた。

ともに、三十代のなかばくらいであろう。ひとりは浅黒い顔で、頬骨《ほおぼね》が高く、反《そ》っ歯だった。もうひとりは、丸顔で薄あばたがあった。

座敷をおりたところの土間に、若い男がぐったりとへたり込んでいた。二十歳前後だ。忠助であろう。

そばの床机に、十七、八くらいの女が腰かけ、心配そうに男を見つめていた。お藤に違いない。両手を縮緬の前垂れの上で固く握り締めていたが、本当であれば、忠助の手を握って、介抱《かいほう》してやりたいところであろう。水戸藩士の目が恐くて、床机の上で身を固くしていた。

「どうしやしょう。わっしや、権助にお手伝いできることはありやすか」

いったん茶屋の前を素通りしたあとで、佐吉が言った。

ちょっと考え、

「店のなかは天井が低いし、狭いから、大刀は振りまわせない。しばらく、あずかってくれ」

と、腰の大刀を鞘ごと抜いて佐吉に渡した。

「へい、ようがす。しかし、大刀がなくって、よろしいんですかい」

「これがあるさ」

ふところから鉄扇を取り出し、見せてやった。

鉄を鍛えて扇形に鍛造《たんぞう》したもので、全長はおよそ一尺（約三十センチ）、重さはおよそ一斤（約六百グラム）ある。要《かなめ》の部分には手抜き紐《ひも》まで付いているから、外見は扇子そっくりだ。かなりの名工の手に成ったものだろうよ。

この季節であれば、扇子を手にしていても不思議ではない。

まして、俺は明るい外から薄暗い店のなかにはいっていく。しかも、連中はすでに酔っている。すぐには鉄扇と気づかないであろう。

刀は使わず、鉄扇で対処するつもりだった。

いったん刀を抜くと、騒ぎがますます大きくなる。死人が出るのも好ましくあるまい。場所が茶屋だけに、早く商売ができるようにしてやらねば気の毒だしな。

昔だったら、そんなことに頓着《とんじゃく》するどころか、喧嘩が大きくなればなるほど、殺伐《さつばつ》になればなるほど張り切ったものだ。俺もずいぶん分別《ふんべつ》臭くなったものだぜ。やはり、歳のせいであろうか。

「いいか、俺がふたりをぶちのめしているあいだに、すばやく忠助とお藤を連れ出せ。それと、連中の大刀と脇差《わきざし》を奪って外に放り投げる。すぐに拾って、隠してしまえ。いいな」

「へい」

と、佐吉がうなずいた。

そばで、権助がブルッとふるえた。顔から血の気が失《う》せている。まだ騒動の場数を踏み足りないようだ。

＊

「ずっと本所から歩いてきたので、暑い、暑い。娘ご、茶を所望じゃ。喉《のど》が渇いてならぬ。ときに、何《な》ン時《どき》であろうかの」

帯に差した鉄扇を抜きながら、俺はさも気さくそうに店のなかにはいっていった。

頭は総髪だし、袴はつけない着流し姿だ。腰には、脇差を差しただけである。場の雰囲気の読めない、のん気な武家の隠居という趣向だ。

店のなかはシンと静まり返っている。

床机に腰掛けたお藤が振り向いた。口が半開きになったが、ことばにはならない。瓜実顔《うりざね》の、なかなかの美人だった。

忠助はうずくまったまま、チラと目をあげた。頭に手ぬぐいを巻いていたが、血がにじんでいる。元結《もとゆい》が切れて、ざんばら髪になっていた。

座敷に陣取った水戸藩士ふたりは、こちらをジロリとねめつけてきた。能天気な隠居がのこのこはいってきたと、苦々しく思っているのであろう。険悪な視線で威嚇《いかく》していた。「さっさと出て行け、この間抜け爺《じじ》ぃめ」というわけだ。

なおも、俺は剣呑《けんのん》な雰囲気に気づかないふりをして、

「座敷に座らせてもらってもよいかな」

と、そばに近づいていった。

竈《かまど》の前に立った初老の女将が、口ごもった。

「あのぉ、いま、じつは」

両手で、もみくちゃになるほど前垂れを握り締めていた。じっと恐怖に耐えていたのであろう。

そのとき、俺は初めて気づいたように、

「おや、どうしたのじゃ」

と、きょろきょろ店内を見まわした。

さりげなく、もっとも気がかりな大刀の位置を見て取る。

ともに、そばに横たえていた。腰には、脇差を差しているのみだった。

しかも、それぞれ酒のはいった湯飲茶碗を持っているため、右手がふさがっていた。

「えっ、そうか、じゃあ、出直すかな」

ようやく異様な状況を察し、あわてふためいて店を出て行くように見せかけておいて、ツツと間合いを詰めるや、いきなり鉄扇であばた男の右腕に一撃を加えた。

ビシッと、骨を撃つ感触が手元に伝わる。

「うッ」

と、うめいて、あばた男が茶碗を落とした。

膝の上で茶碗が引っくり返り、袴を濡らす。

「な、なにをするか」

反っ歯男がかたわらの大刀に手をのばそうとしたが、そのはずみで茶碗をひっくり返し、同じように袴を濡らした。

狼狽《ろうばい》しているところを、鉄扇でひたいを殴りつけてやった。続いて、右の手首を撃った。

「ううう」

と、反っ歯男は上体をかがめている。

今度は、さきほどのあばた男の右の肩口を撃った。

ドスッと、鉄扇が肩にめり込む。

これで、ふたりとも右手が痺《しび》れて、当分のあいだ刀は握れまい。

すかさず、俺は二本の大刀を左手で取りあげると、

「ほれッ」

と、外に放り出した。

すでに、お藤と忠助の姿はない。佐吉と権助が手を引き、さっと外に連れ出したようだ。

いちおう用心のため右手で鉄扇を構えながら、左手でふたりの腰の脇差を鞘ごと抜き取り、やはり外に放り投げた。

もう、これで安心だ。

「きさま、何者か。こんなことをして、どうなるかわかっておるのか」

「われらは水戸藩の家臣であるぞ。ただではすまんぞ」

ようやく不意討ちの動揺と打撃の苦悶《くもん》から立ち直り、ふたりが恫喝《どうかつ》を始めた。

反っ歯男はさきほどの打撃でひたいが切れ、ひと筋の鮮血が鼻のあたりまでたれている。

ふたりとも激情で目がギラギラ光り、口元に毒々しい薄笑いを浮かべていた。水戸さまご家来と知って、たちまち相手が恐れ入ると踏んでいた。いままでさんざんこの手を使って威圧し、味を占めているのだ。常套《じょうとう》手段を使ってくるのも無理はあるまい。

だが、あいにく、俺にはそんな手は通用しない。

無言のまま、ふたりの頬桁《ほおげた》を鉄扇で張り飛ばしてやった。小気味よい音がした。

「なにぃ、水戸さまだと。この偽《いつわ》り者め。水戸さまを騙《かた》る、ふてえ野郎だ。水戸さまのご家来ともあろう者が講釈小屋の木戸番を袋叩きにしたり、茶屋で酒をタダ呑みしたり、そんな無法な振る舞いをするはずがない。この、騙り野郎が」

さらに、鉄扇で脳天《のうてん》を一回ずつ、ぶったたいてやった。

またもや、小気味よい音がした。

「よし。さいわい、水戸さまのお下屋敷はすぐ近くだ。ふたりとも縛《しば》りあげ、お下屋敷に引きずっていって、突き出してやる」

高飛車にまくし立てておいてから、振り向いて言った。

「おい、佐吉、権助」

「へい、ここにおりやす」

「この不逞《ふてい》のやからを縛りあげる。どうせ、ろくでもない食い詰め浪人だろうよ。水戸さまといえば、畏《おそ》れ多くも御三家だぞ。こんなこすっからい水戸さまご家来がいるはずがなかろう。荒縄を持ってこい。犬を縛るような荒縄でよいぞ。水戸さまのお屋敷に引き渡し、打ち首にしてもらおう」

「へい。すぐに縄をさがしてきます」

返事をするなり、権助が勇み立って走っていく。

水戸藩のふたりはさきほどの強気から一転して、いまや真っ青になっていた。目には極度の不安の色がある。成り行きしだいでは、藩から譴責《けんせき》を受ける事態になるのがわかったのだ。

もう、あとはこっちのものだ。

身分や権威を振りかざして威圧して来る相手に対して、下手《したて》に出てなだめ、内々で収めようとすれば、ますます付けあがらせてしまう。けっきょく、相手の無理難題を受け入れざるを得ない。

そんなときは、相手の身分や権威を逆手に取り、こちらは破れかぶれで押し通すのがいい。死なば諸共《もろとも》、相討ち覚悟《かくご》で突っ張るのだ。けっきょく、事がおおっぴらになれば、身分や権威のある者のほうが失うものが大きいからな。最後は、必ず怖気《おじけ》づいて、尻込みするものさ。

これが、いわば喧嘩の呼吸だ。

「縄を持ってきやした」

権助が嬉々《きき》として戻ってきた。

ふたりは顔をひきつらせ、

「われらも、ちとやり過ぎたかもしれぬ」

「穏便《おんびん》に収めたいというのであれば、われらはこのまま引きさがってもよいぞ。苦情は言わぬ」

と、逃げ腰になった。

ともに、汗びっしょりになっている。

今度は、こちらが攻勢に出る番だ。

「おめえさんらがよくっても、こちらはよくないぜ。怪我《けが》をした木戸番や、さんざん呑んだ酒はどうなるのかね」

「もちろん、木戸番、いや木戸番どのには幾重《いくえ》にも詫《わ》びをいたす」

と、あばた男はしどろもどろだった。

反っ歯男は支離滅裂《しりめつれつ》である。

「酒は呑んだが、われらが注文したというわけではない。まあ、出すように命じたのは、命じたのだが」

「それなりの始末をつけてくれなければ、このまま帰すわけにはいかないぜ。まずは、怪我をした木戸番の膏薬《こうやく》代、それに茶屋の酒代を払ってもらおう」

「あいにく、持ち合わせがなくてな」

ふたりは、うつむいている。

冷ややかに言ってやった。

「じゃあ、刀を召し上げるしかないな。質に入れれば、いくらかにはなるだろうよ」

「ま、待ってくれ」

ひそひそと、ふたりで相談していた。

ふところから財布を取り出し、おたがいの中身をたしかめ合っている。

「持ち合わせの全部じゃ。これで、どうにか勘弁《かんべん》してもらえぬか」

南鐐二朱銀《なんりようにしゆぎん》、天保銭《てんぽうせん》、四文銭、それに一文銭までも並べた。

ふたりの有り金をすべて合わせても、三分《ぶ》に満たない額だった。ない袖《そで》は振れぬというやつだ。やむを得ないであろう。

「おい、佐吉、これで勘弁してやれ」

「へい、ようがす」

佐吉が、俺の調停を受け入れた。

茶屋の女将も異存《いぞん》はないようだった。

「よし。これで手打ちだ。じゃあ、おめえさんらは、帰っていいぜ。俺は本所の勝小吉だ。苦情があったら、いつでも来るがいい」

と、言ってやった。

ふたりは値踏みするようにこちらをうかがったあと、

「その前に、刀を戻してもらいたい」

と、求めた。

「返すにしても、ここでは返せないな。三囲の境内を出たところで渡そう。おい、権助、てめえ、鳥居のところまで刀を持っていけ。そこで、ふたりに渡せ」

「へい、わかりやした」

権助が四振の刀を胸にかかえた。

ふたりは茶屋を出ると、権助のあとから歩き始めた。反っ歯男はひたいの出血を止めるため、手ぬぐいで鉢巻をしている。ともに、面目《めんぼく》なげに顔を伏せていた。

茶屋のまわりには、いつのまにか野次馬が集まってきていたのだ。

「ありがとうございました」

佐吉、女将、それにいったん逃げ出した忠助とお藤も戻ってきて、俺に向かって深々と頭をさげた。

「仕返しは心配しなくともよい。あれだけ赤っ恥をかいたから、二度と三囲の境内に足を踏み入れることはなかろうよ」

女将とお藤、それに忠助がホッとしたように顔を見合わせていた。

さきほどあずけておいた大刀を佐吉が渡しながら、

「これは、心ばかりなのですが」

と、懐紙《かいし》の包みを、俺の着物の袖に放り込んだ。

謝礼ということだ。

その重みから、小粒が四つ、合わせて一両はありそうだった。

「それじゃあ、茶屋の酒代や忠助の膏薬代がなくなろうぜ」

「それは、別でさ。これは、わっしのせめてもの気持ちです。おかげで、溜飲《りゅういん》が下がりましたからね」

「そうか、では、遠慮なくもらっておくぞ。俺はつぎの用事があるから、これで帰る」

いい気分で茶屋をあとにした。

（五）

三囲稲荷社を出たあと、土手道を川上の方向に向かって歩いた。

左手には漫々《まんまん》たる隅田川の流れがある。対岸のあちこちから、白い煙がたなびいていた。浅草今戸町や浅草橋場町の川っぺりには今戸焼の窯《かま》が多い。土人形のほかに火鉢や植木鉢、瓦《かわら》なども作っている。その窯から立ちのぼる煙だ。

風に乗って、かすかに木遣唄《きやりうた》が伝わってきた。今戸町の河岸場で、人足が材木の荷揚げをしているようだ。

右手には、見渡す限り田んぼが広がっていた。ところどころに、木々に囲まれた百姓家が点在している。

土手下に、さきほど舟から軒先だけが見えた平岩があった。

鯉料理で有名な料理屋である。かつて屋号は中田屋といい、俗に葛西太郎《かさいたろう》の名称で知られていた。

太郎殿の犬は鯉に食い飽《あ》きる

という川柳がある。

葛西太郎で飼われている犬は毎日、客の食い残しや骨を餌《えさ》にもらっているため、もう鯉には食い飽きているであろうという意味だ。

ところが天保年間になってふるわなくなり、弘化《こうか》年間になると屋号も平岩と変わってしまった。いきさつはよく知らないが、主人が変わったのだろうよ。

それでも、相変わらず平岩も鯉料理で有名だ。俺も何度か、鯉の洗いや鯉こくで飯を食ったことがある。

平岩の建物から、犬のけたたましく吠《ほ》える声が聞こえてきた。以前、平岩にあがったとき、数匹の狆《ちん》が飼われているのを見た。

「そういえば、いかにも鯉は食い飽きたという、小憎《こにく》らしい面《つら》をしていたな」

その犬が吠えているのであろう。

平岩を過ぎると、川沿いにこんもりと木が繁った一画《いっかく》がある。

牛の御前（牛御前社）、弘福寺、長命寺の三つの寺社が境界を接して固まっているのだ。三つのなかでも隅田川沿いにあるのが牛の御前で、境内も細長い。

「牛の御前の近くということだったが」

つぶやきながら、あたりを見まわす。

そのとき、土手下にさきほどの下男が立っているのに気づいた。

こちらを見て、しきりに手を振っている。

ちゃんと俺がやって来るかどうか心配で、待ち受けていたものと見える。なかなか律儀《りちぎ》な男のようだ。

片手をあげて合図をしたあと、俺は土手を降りていった。

安堵《あんど》の表情を浮かべ、下男が腰を折った。

「お待ちしておりました」

「うむ、待たせたな」

「三囲さまの件は、終わったのでございますか」

「うむ、片付いた」

「さようですか。では、こちらへ。ご案内いたします」

下男に案内されて田んぼ道を進んだ。

さきほどは草鞋ばきだった下男は、いまは下駄ばきである。いったん戻ったあと、はき替えたのであろう。

しばらく行くと、田んぼのなかに建仁寺垣《けんにんじがき》に囲まれた別荘が見えた。押縁《おしぶち》は晒竹《さらしだけ》を用いている。門の柱は、磨《みが》いた赤松丸太だった。

建物は平屋で、茅葺《かやぶ》きである。

下男が、行く手にある別荘を示した。

「あちらでございます」

「うむ、そうか」

内心、俺はおやと思った。吉原の妓楼の寮にしては、ちょいと趣《おもむき》が違う。

妓楼の寮であれば、病気療養中の花魁《おいらん》に新造《しんぞう》や禿《かむろ》までが付き添っているため、三味《しゃみ》線《せん》の稽古をしている音がチントンシャンと響いてきたりして、どことなく色っぽいものだ。

ところが、向かうさきの建物は、金に不自由しない茶人や大店《おおだな》の隠居など、風流人の隠宅のようだった。

そのとき、受け取った手紙にまだ目を通していなかったことに気づいた。

俺もちょいと、あわてた。しかし、いまさら泥縄《どろなわ》で、田んぼ道で手紙を読むわけにもいかない。

「ええい、ままよ。出たとこ勝負だ」

「え、なにかおっしゃいましたか」

下男が怪訝《けげん》そうに振り返る。

「いや、こっちのことだ。気にするな」

俺は腹をくくった。

別荘に着いた。

枝折戸《しおりど》を抜けると、根府川石《ねぶかわいし》の飛石が玄関まで続いている。

玄関の格子戸はあいていた。三和土《たたき》には、三尺の御影石《みかげいし》の沓脱《くつぬぎ》が据えられている。

格子戸の上に額がかかり、なにやら書かれていた。かなりくずした達筆だったが、かろうじて「渓声庵《けいせいあん》」と読めた。

ハッと、自分の勘違いに気づいた。

傾城庵ではなく、渓声庵だったのだ。

これは、妓楼の寮どころではない。

いささか俺も戸惑《とまど》った。あらかじめ手紙を読んでいなかったことが悔《く》やまれる。

「ハツセさま、勝さまがお越しになりました」

と、下男が奥に声をかけている。

そのときになって、呼び出した相手がハツセという女だったのも思い出した。

ハツセも、吉原の女郎ではあるまい。

渓声庵の女主人だろうか。

それに、女世帯となれば、初対面の男がのこのこ家のなかにあがりこむわけにはいかない。俺もそれくらいの礼儀は心得ている。

百姓町人なら勝手口にまわるところだろうが、俺は隠居といっても武士だからな。

「拙者は庭のほうにまわろう」

とりあえず玄関からはいるのを遠慮し、庭のほうにまわった。

きれいに掃《は》き清められた庭には燦々《さんさん》と日があたっていた。築山や池を作り、石灯籠《いしどうろう》を配するなどの造作はなく、もともとあった木をあちこちに残しているほかは、ただ草花が植えられているだけだった。

庭に面した縁側の前に立ち、俺はハツセとやらの登場を待った。

縁側は南向きだった。いまは葉を繁らせた欅《けやき》の大木が影を落としているので日陰になり、涼しい風が吹き渡っているが、冬には葉が落ちてさえぎるものがなくなるため、やわらかな陽射しが差し込むであろう。

一見すると質素だが、ちゃんと計算して建てられた別荘であることがわかる。

（六）

衣擦《きぬず》れの音がした。

やおら縁側に面した部屋に現われた女を見て、俺はいささか驚いた。

白綾の袿《うちぎ》を重ね、上から被布を羽織っている。髪型は、髻《もとどり》を紫色の打紐《うちひも》で結んだ切髪だった。

物腰は優雅ながら、侵しがたい威厳が備わっていた。端整《たんせい》な顔立ちの美人である。

ところが、年齢がはかりがたい。

色白のふっくらとした頬にほんのり赤味がさしている。目尻に皺《しわ》もなく、つややかな肌だ。まるで、赤ん坊のような頬っぺただった。

三十歳といっても通りそうだし、二十代に見えないこともないが、おそらく四十代であろう。もしかしたら、俺と同じくらいかもしれない。こんな女は初めてだ。

にこやかにほほえんだ。

「お久しゅう、麟《りん》さん……」

そのはずんだ声が、途中で尻すぼみになった。

顔に驚きが広がる。

俺が驚いた以上に、女のほうが驚いたようだった。

続いて、俺のやや後ろに立っていた下男のほうにきびしい視線を向けた。

「久兵衛《きゅうべえ》、どなたに文《ふみ》をお届けしたのかえ」

その口調も、やや尖《とが》っていた。

「へ、へい、言われた通りに、本所入江町の勝さまに、へい」

久兵衛と呼ばれた下男は、自分が失態《しったい》を演じてしまったらしいことに気づき、おろおろしていた。

女が口に出した「麟さん」に、俺はピンときた。とんでもない間違いがおきたようだ。

「拙者は勝小吉と申すが」

「すると、勝麟太郎どのは……」

「倅でござる」

「ああ、さようでございましたか。道理で。麟太郎どのにしてはずいぶんと……」

「老けていると思いましたか。拙者は当年とって四十五、麟太郎は二十四ですからな」

「ホホホホ」

女はいかにもおかしそうに笑い出した。

こちらは、なんとも居心地が悪い。

そばで、久兵衛は身の置き所がないようだった。下を向いて、もじもじしている。

それ以上、下男を叱責《しっせき》することはなく、女は好奇心に満ちた目で俺を見つめた。

「では、いま麟太郎どのは」

「去年、嫁をもらいました。ことしの春以来、別居して赤坂田町に住んでおります」

「さようでしたか。すると、書簡を読んで、代わりにお越しになったのですか」

「書簡……。あ、これですか。じつは、まだ読んでおりませんでした。三囲稲荷社で急用があり、それをすませてから、こちらに駆けつけたものですから。そんなわけで、拙者に届いた手紙と思い込んでおりました。どうせ会って話を聞けば、中身は読まずとも用向きはわかるとタカをくくっていたものですから」

俺はふところから手紙を取り出した。

ねじれたためか、封じ目が切れていた。

ちらと目を走らせたが、いわゆる水茎《みずぐき》の跡もうるわしい達筆である。俺は正直に認め、

「これだと達筆すぎて、たとえ目を通したとしても、拙者にはほとんど読み取れなかったでしょうな。この際、お返ししよう」

と、手紙を縁側の上に置いた。

「ホホホホ」

女はまたもや、おかしそうに笑い転げている。

まるで、箸《はし》が転がってもおかしい年頃の娘のようだ。かといって、人を小馬鹿にしたような調子はない。純粋におかしがっているようだ。こういう女を天真爛漫《てんしんらんまん》とか、天衣無縫《てんいむほう》とかいうのだろうな。俺のほうまで、なんとなく楽しくなってきた。

ややあって、口調をあらためて言った。

「あたくしは初瀬と申し、かつて、阿茶《あちゃ》の局《つぼね》さまにお教えいただいた者でございます。勝麟太郎どのに来ていただくつもりが、ちょっとした手違いから、ご尊父にご足労をおかけしてしまったようです」

「ははあ、さようでしたか」

ご尊父には照れる。

自分の粗忽《そこつ》には赤面の至りだが、阿茶の局と聞いて、俺も初瀬の背景や、麟太郎を

知っている理由がある程度わかった。

阿茶の局は、俺の伯母にあたる女だ。つまり、実父の男谷平蔵の姉である。

かつて、金貸しで財を成した祖父は、娘のひとりに莫大《ばくだい》な金を付け、江戸城の大奥《おおおく》に奉公に出した。要するに、金さえあれば、盲目の金貸しの娘でも奥女中になれるというわけだ。

その娘が出世して阿茶の局となり、大奥ではかなりの実力者だった。

麟太郎が七歳のときだ。阿茶の局は、甥《おい》の子である麟太郎を江戸城に連れて行き、庭を見物させたりしていた。

活発でやんちゃな子だから、阿茶の局がちょっと目を離したすきに、ひとりで駆け出した。ちょこちょこ走りまわっているうち、うっかり大奥にまではいり込んでしまった。

たまたま十一代将軍家斉《いえなり》さまが、庭できょろきょろしている麟太郎に気づいた。いかにも利発そうな男の子であるのを見て、ひと目で気に入り、

「あれは、誰の子か」

と、側の者に尋《たず》ねた。

これがきっかけとなり、麟太郎は江戸城に召されて、初之丞《はつのじょう》さまの遊び相手兼ご学

友となった。

初之丞さまは、家斉さまの長男である家慶《いえよし》さまの五男だ。つまり将軍さまの孫だ。当時、五歳だった。

親類一同は、

「きさまのような柄の抜けた肥柄杓に、麟太郎のような男の子ができたとはな。これこそ『鳶《とび》が鷹《たか》を生む』じゃ」

と、冷やかしたり、喜んだりしたものだ。

このときは、俺も大いに得意だった。

九歳になって、麟太郎はお城からさがり、家に戻された。大奥は男子禁制のため、男の子は九歳までしかいられないのだ。

天保八年（一八三七）、初之丞さまは、御三卿《ごさんきょう》のひとつである一橋《ひとつばし》家に養子にはいり、十三歳にして一橋家の六代当主となった。そのころ、五代当主が死に、男子もいなかったのだ。

一橋慶昌《よしまさ》となった初之丞さまは、二歳年長の麟太郎を側近として登用しようとした。かつての学友に心を許し、深く信頼していたのだ。このままでいけば、麟太郎の出世は間違いなかった。一橋家の重臣か、あるいは将軍さまの側用人になれたかもしれない。

またもや、親類一同は大喜びしたものだ。俺も有頂天《うちょうてん》になった。

登用の手続きが着々と進むなか、翌年、初之丞さまが十四歳であっけなく死去した。

こうして、麟太郎が一橋家に登用される話も立ち消えとなった——。

＊

「大奥にご奉公しておりましたので、初之丞さまのお付だった麟太郎どのを存じあげていたのです。そのころ、麟さんと呼んでいたものですから、なつかしくて、つい麟さんと声をかけてしまいました」

初瀬が遠い記憶をたどるような視線になった。

七歳から九歳にかけて、大奥で生活していたころの麟太郎を思い浮かべているのだろうか。

俺も親として、いちおうの挨拶はした。

「よく倅のことを覚えていてくださいました」

「せっかくお出でになったのです。お座りなさいませ」

と、初瀬が勧《すす》めた。

さきほどから庭に突っ立ったままだったので、

「では、おことばに甘えて」

と、俺は大刀をはずして、縁側に腰をおろした。

べつに部屋のなかにあがりこむわけではないから、非礼にはなるまい。

縁側に面した座敷に座っている女と、体を斜めに向けて話をすることになる。

「わび住まいで、なんにもございませんが。ささをお召し上がりになりませんか」

「いえ、拙者は下戸《げこ》でして、酒はまったく呑みませぬ」

「おや、そうでしたか。では、甘いものはいかがですか」

「甘い物には目がありません」

「では、用意させましょう」

初瀬が後ろを向き、茶と菓子を出すよう命じた。

しばらくして、十五、六歳くらいの女中が茶と高杯《たかつき》を持参した。

高杯には練羊羹《ねりようかん》、かすてら、薄皮饅頭などがのっていた。わび住まいにしては極上《ごくじょう》の菓子だ。

「ご遠慮なく召し上がれ」

「では、いただきましょう」

もちろん、遠慮なんかしない。ちょいと小腹がすいていたこともあって、俺は茶を飲み、菓子をぱくついた。茶も銘茶のようだった。分厚く切った練羊羹や、かすてらの甘味も申し分ない。

「ところで、倅になにかご用でしたか」

まさか、たんになつかしいだけで呼び出そうとしたわけではあるまい。まだ、肝心のことを聞いていなかった。

初瀬は俺の問いにはすぐには答えず、逆に尋ねてきた。

「三囲稲荷社に寄ってからこちらにお出でになるというのは、使いに立てた久兵衛から聞いておりました。なにか、急用だったのでございますか」

「ちょいとした揉め事がありましてね」

「揉め事の仲裁《ちゅうさい》だったのですか」

「仲裁なんぞという悠長《ゆうちょう》なことではありません。ごろつき同然の水戸藩士をふたり、ぶちのめしてやっただけですよ」

「おや、そうでございましたか。いったい、どういうことだったのですか。差し支えなければ、お聞かせください」

身を乗り出してきた。

興味津々のようである。

きっと、隠宅暮らしで退屈しているのであろうと思った。喧嘩自慢は俺のもっとも得意とするところでもある。そこで、おもしろおかしく、ふたりを懲《こ》らしめたいきさつを語ってやった。

目を丸くし、時々嘆声を発しながら聞き入っていた初瀬だが、俺の話が終わるや、急に真剣な表情になった。

しばらく庭のほうをながめていたあと、ポツリと言った。

「物事はなまじ手順を踏むより、そんなことは無視して、蛮勇《ばんゆう》で押し通したほうがかえってすんなりと解決する場合もあるようですね」

「そうですな」

あいづちを打ちながら、ちょっと複雑な気分だった。

ほめられているのか、けなされているのか。たしかに、蛮勇といわれればそうかもしれない。

「当初は、ご子息の麟太郎どのに相談するつもりだったのですが。行き違いからお父上の小吉どのがお越しになったのも、なにかの縁でございましょう。お力を貸していただけますか」

「なるほど。知恵ではなく、力を貸せというわけですな」

はじけるように、初瀬が笑い出した。

体をよじるようにして笑い転げている。目の端には、涙が光っていた。

ようやく、笑いの発作《ほっさ》が終わった。

呼吸をととのえ、やおら言った。

「ああ、おかしい。けっして皮肉を申したわけではございませんよ。文字通り、お力をお借りしたいのです」

「はあ、さようですか。拙者にできることであれば、なんなりと」

「その前に、あたくしのことを申し上げておかねばなりません。初之丞さまが一橋家に養子におはいりになるに際して、あたくしのほか数名がお付の女中として初之丞さまに従いました。一橋家でご奉公することになったのでございます。初之丞さまがお亡くなりになったあとも、あたくしは一橋家にとどまっていたのでございますが、四、五年前、お暇《いとま》をいただき、以来、この地に庵《いおり》を結んで住んでおります」

言い終えると、初瀬は茶をひと口、含んだ。

初対面で失礼かなとも思ったが、俺はさきほどから不思議で仕方がなかった。こういうことは変に引きずるより、最初にはっきりさせておいたほうがよい。人間、わび住まいだの、風流だのといっても、霞《かすみ》を食って生きてはいけぬからな。「武士は食わねど高楊枝《たかようじ》」なんぞ嘘っぱちなのは、俺は身に染みて知っている。

思い切って尋ねた。

「奉公人は何人いるのかは存じませぬが、これだけの暮らしを成り立たせるには、それなりに金がかかるでありましょう」

「ご不審《ふしん》はごもっともです。ありがたいことに、一橋家からご扶持をいただいておりますし、兄からの仕送りもございますので、どうにか暮らしが成り立っております」

「ほう。兄上とは、どなたですか」

「遠山左衛門尉景元《とおやまさえもんのじょうかげもと》でございます」

あっさりと言ってのけた。

なんと、町奉行遠山金四郎の妹だったのだ。

かつて江戸城大奥に勤め、いまなお一橋家の扶持をもらい、しかも町奉行の係累《けいるい》の女ということになろう。

ただ者でないのはたしかだ。おそまきながら、俺も一目《いちもく》置いた。

初瀬がゆっくり立ちあがり、縁側に出てきて、俺のそばに座った。小声で話をするためだった。

すでに、庭に久兵衛の姿はない。台所のほうで雑用をしているのであろう。

「初之丞さまがご存命で、麟太郎どのが補佐をしておれば、こんなことにはならなかったのでしょうが。もちろん、いまさら悔やんでも詮無《せんな》いことでございます」

簡単に一橋家がおちいっている難局《なんきょく》とやらを説明したあと、初瀬が言った。

「近日中に、また久兵衛を使いに立てます。そのとき、あらためてくわしいお話をいたします。それまで、あたくしのほうでいろいろ考慮してみたいものですから」

要するに、きょうのところは顔合わせで終わりということだった。

もしかしたら、体《てい》よく追い払ったのかもしれないが、それならそれでよかろう。用がすんだ以上、俺はさっさと帰ることにした。

（七）

渓声庵を辞したときには、すでに夕闇が迫っていた。これから帰れば、本所入江町にたどり着くまでに日が暮れるであろう。

下男の久兵衛が提灯《ちょうちん》を持って供《とも》をすると申し出たが、俺は断わった。

「そのかわり、提灯を借りるぜ」

昔から、供を連れて歩くのは嫌いだ。ひとりで気ままに動くのが性《しょう》に合っている。これまで貧乏暮らしで、勝家には外出時に供をするような中間《ちゅうげん》がいなかったこともあるがな。

提灯を借りて渓声庵を出ると、あとは隅田川沿いをひとりで歩いた。

歩きながら、一橋家の難局とやらを考えた。

「もともと、麟太郎の知恵を借りるつもりだった。ところが、俺がやってきたため、知恵ではなく力を借りることにしたということだろうか」

そう勘《かん》ぐると、ちょっと小癪《こしゃく》である。

だが、途中で面倒臭くなってきたので、あれこれ思いめぐらすのをやめた。いざとなれば、どうにかするさ。

「おや、竹屋の渡しか」

桟橋が見えた。

三囲稲荷社から帰る老若男女が日没に追い立てられるようにして、渡し舟に乗り込んでいる。

そのとき、思いついた。

渡し舟で川を渡れば、対岸は山谷堀ではないか。

このまま帰宅するのが、なんだか急に惜しくなってきた。

「よっし、久しぶりで吉原に繰り込むか」

三囲稲荷社で佐吉に謝礼をもらったから、ふところは温かだった。

自分の思いつきに、気分が浮き浮きしてきた。

俺は土手をくだると、そのまま桟橋から舟に乗り込んだ。かなり混んでいたが、

「お武家さま、どうぞ」

と、詰め合って席を作ってくれた。

川面は夕陽が反射してまぶしい。時々、バシャッと水音がする。魚が跳《は》ねているの

だ。

船頭が櫓を漕ぎ、舟は川を横切っていく。

すぐ横に座っている男のふたり連れが煙管《きせる》で煙草をくゆらせながら、話をしていた。

「向島も、いまでは便利になりました。六人の船頭が交代で渡し舟を漕ぎますからな」

「くわしく穿《うが》ちますな。船頭の人数までは、あたしも知らなかったですな。ほんのきのうまで、竹屋を呼ぶのに声を嗄《か》らしたものですがね」

山谷堀に竹屋という船宿があった。

まだ渡し舟が頻繁《ひんぱん》に往来していなかったころは、浅草側から向島に渡る人間の多くは、この竹屋の持ち舟を利用した。

三囲稲荷社に参詣したり、隅田川堤を散策したりしたあと、浅草に戻るには、土手に立って、「たーけやーッ」と、大声で向こう岸に呼びかけ、竹屋から舟を出してもらわねばならなかったのだ。

「故人となった白毛舎《はくもうしゃ》の狂歌に、

須田堤立《すだづつみたち》つゝ呼《よべ》ど此《この》雪に寝たか竹屋の音さたもなし

と、あります。

雪がちらつく隅田川堤に立ってしきりに呼びかけても、竹屋は寝てしまったのか、まったく音沙汰《おとさた》がないという意味ですがね。この歌もいずれは、『浅草に渡る舟を、向島の土手から呼びしころの風情を詠《よ》めり』などという前書きがなければ、わからなくなるでしょうな」

「そうでしょうな」

連ればかりでなく、まわりの乗客も男の蘊蓄《うんちく》に聞き入り、感心している。

じつは、俺も内心、

「ほほう、なるほど」

と、感心して聞いていた。

ひとつ利口になったような気がした。世の中には物知りがいるものだ。

隅田川のなかほどで、日が沈んだ。

渡し舟が今戸橋の際にある桟橋に着岸した。

山谷堀は隅田川にそそぎ込んでいる。今戸橋は、その山谷堀の河口に架かる橋だ。

舟からあがると、通りは多くの人出で大変なにぎわいだった。ほとんどは、これから吉原に出かける男たちだ。

山谷堀には船宿が軒を並べている。建ち並んだ船宿の掛行灯に灯がともり、通りは明るい。

船宿や料理屋の二階座敷から三味線の音色が響いてくる。芸者を呼んで、酒宴を開いているようだ。

通りには駕籠が並び、人足が、

「駕籠やりましょ、駕籠やりましょ」

「旦那、大門《おおもん》までやりましょう」

と、客引きをしている。

江戸の各地から屋根舟や猪牙舟でやってきた男たちは、いったん山谷堀で舟をおり、その後は日本堤を歩いて、あるいは駕籠で吉原を目指す。山谷堀は吉原遊びの中継地だ。舟をおりたあと、まず山谷堀の船宿や料理屋などで一杯やり、それからやおら吉原に向かう男も少なくない。

俺はふところが温かいこともあって、駕籠に乗ることにした。

「おい、大門までやってくれ」

「へい。急いでやりやす。そのかわり、どうぞ一杯、呑ませておくんなさい。なあ、棒組」

「旦那のことだ、ご如才《じょさい》はねえよ」

人足ふたりして、駕籠賃のほかに酒手をせびってきた。

もとより、俺は酒手をはずむつもりだったから、

「グズグズ言ってないで、早くやれ」

と、発破《はっぱ》をかけて駕籠に乗り込んだ。

（八）

六、七年ぶりの吉原だ。
大門をくぐると気持ちがはずみ、足取りまで軽くなる。やはり、吉原はいい。

妓楼の張見世《はりみせ》からは、にぎやかな清掻《すががき》の三味線の音色が響いてくる。

張見世の前に男たちが群がり、格子《こうし》の内側に居並ぶ女郎を見物し、品定めしているのは相も変わらぬ光景だ。

連れ立った同士で、

「おい、あの右から三番目はどうでい」

「なんだ、お多福じゃねえか。その隣がいいぜ」

「なに言ってやがる、まるで狐じゃねえか。やっぱり三番目だぁ」

などど、格子に顔をくっつけ、熱心に論じ合っている。

どうせ見物だけで登楼《とうろう》はしない吉原雀《すずめ》であろうが、さも自分が買うかのようにムキ

になっていた。

なかには、格子越しに女郎から吸いつけ煙草の煙管《きせる》を渡され、ニヤついている男もいた。

こういう情景を見ていると、愉快になってくる。

かつて、俺もずいぶん吉原で遊んだから、あちこちに馴染《なじ》みの女郎がいたのだが、すでにすっかり顔ぶれが変わっているに違いない。

大見世《おおみせ》に登楼するには引手《ひきて》茶屋を通さなければならない。俺は酒を呑まないから、いったん茶屋にあがるのは面倒だ。

そこで、適当な中見世か小見世をさがすことにした。

妓楼の格は、入口横の籬《まがき》を見ればわかる。大見世、中見世、小見世で籬の形が異なっているのだ。

久しぶりなので、にぎわいがなつかしい。吉原のなかを、くまなくぶらついた。

そのうち、夜もふけてきたので、そろそろ見世を決めなければならない。京町一丁目の小松屋にした。以前、何度か遊んだことのある中見世だ。

暖簾《のれん》をくぐってなかにはいると、若い者が愛想よく迎えた。

「いらっしゃりませ。お馴染みはございますか」

「初会だから、馴染みはない」

「張見世で、お見立てはなさいましたか」

そう問いかけながら、途中で若い者の顔に驚きが広がった。

「おや、勝さまではございませんか。お久しゅうございます。喜助《きすけ》でございます」

「ああ、おめえか。年をとっても、相変わらず若い者か」

俺も、喜助という若い者の顔に見覚えがあった。

以前とくらべると、ずいぶん頭がはげていた。すでに四十に近いであろう。

「へへへ、これは手きびしい。何歳になっても、若い者は若い者でしてね。それにしても、勝さま、初会などと水臭いことをおっしゃいますな」

「では、あのころ俺の馴染みだった花魁《おいらん》はまだいるのか。たしか、園部《そのべ》とかいったな」

「園部さんはちょいと、へい」

喜助がことばを濁《にご》した。

すでに死んだのであろう。女郎の命ははかない。俺もそれ以上は追及しなかった。

「じゃあ、相方はおめえに任せるぜ」

「さようですか。では、お腰のものを」

腰の両刀をはずし、相手に渡した。

鉄扇はふところに入れたままにしておいた。

土間に草履を脱ぎ、板敷きにあがった。

あとは、喜助にみちびかれて階段を登る。

まずは、階段を登ってすぐのところにある引付座敷に案内された。客と女郎が対面する座敷だ。

禿《かむろ》が、茶と煙草盆を持参する。

喜助があらためて挨拶をした。

「まことに、お久しぶりでございます」

「うむ、ちと病気をしたこともあって、足が遠のいておった。六、七年ぶりで吉原に来たのだ」

「さようでございましたか。その手始めにあたくしどもに来ていただいたとは、ありがたいことでございます」

続いて銚子と盃台、それに肴《さかな》をのせた硯蓋《すずりぶた》が運び込まれる。

ややあって、女郎と遣手《やりて》が現われた。

「玉垣《たまがき》さんでございます」

と、喜助が紹介する。

女郎と遣手が挨拶をした。

「よく、おいでなんした」

俺は玉垣を見て、どきりとした。頬がふっくらとしているところなど、顔立ちが初瀬にどことなく似ていたのだ。喜助が初瀬の顔を知っていて気を利かせたはずはないから、たんなる偶然であろう。

思わず俺は、

「ほう、似ておるな」

と、口走ってしまった。

喜助がさっそく聞き咎《とが》め、

「どちらの花魁と似ているのでございますか。勝さま、あたくしどもが手始めというのは、怪しゅうございますな」

と、ふざけてにらんだ。

「いや、ちょいと別な女だ。気にするな」

「では、お杯を」

遣手が仲立ちをして、客と女郎のあいだで杯の遣り取りがおこなわれる。

呑めないから、俺は形だけ口をつけた。あとは、煙草盆の灰落しに酒を捨てた。

硯蓋にのっているのは、かまぼこや塩数の子、金平《きんぴら》ごぼうなどのお定まりなのだが、このところ妓楼に縁がなかったためか、妙にうまく感じる。酒が呑めないから、肴《さかな》を無闇と食べた。

そのうち、俺の下戸を思い出して喜助が、

「勝さまには、これがよろしいでしょう」

と、「最中《もなか》の月《つき》」を持ってきた。

最中の月は江戸町二丁目の竹村伊勢で製造販売している菓子で、吉原名物でもある。

もちろん、俺は最中の月に手を出した。

考えてみると、昼間は渓声庵でたらふく甘いものを食った。甘味にめぐまれた日だ。

「では、お床を用意いたしましょう」

と、喜助がうながした。

玉垣と対面の儀式がすむと、あとは、床入《とこいり》だ。

部屋に案内されたあと、俺は一朱銀を喜助に渡した。

「これで、鰻の出前を取ってくれ。蒲焼で、飯を食いたい」

本所あたりの鰻屋では、鰻の蒲焼は一皿二百文くらいだ。いくら吉原でも一朱はすまい。昨今の銭相場では、一朱は四百二十文前後だからな。差額は、若い者の祝儀となる。

ともあれ、女郎の部屋で鰻の蒲焼で飯を食うという趣向だ。

「へいへい。すぐにお取りします。花魁はすぐにまいりますから、しばらくお待ちを」

一朱銀を受け取ると、喜助が寝床のまわりを屏風《びょうぶ》で囲った。

三つ布団の上にごろりと横になる。

鰻の出前はなかなかこない。まして、玉垣は姿も見せない。どうせ、廻しを取っているのであろう。

妓楼は女郎に、同時に複数の客をつける。それが廻しだ。要するに、女郎をとことん働かせ、売上を伸ばすための手段だ。いわゆる、女の膏血《こうけつ》を絞《しぼ》るというやつだな。

いっぽう、女郎のほうはできるだけ楽をしたい。本来であれば、金を払った客である以上、寝床を行ったり来たりして平等にあつかわなければならないのだが、往々にしてひとりの客のところに行きっぱなしになったり、癪《しゃく》が痛むとかいう口実で、寝床に来ないこともあった。その結果、せっかく登楼しながら、あえなく振られる客もいた。こんな馬鹿馬鹿しいことはあるまいよ。

もちろん、俺は振られて黙っているつもりはない。啖呵《たんか》を切って、大暴れしてやるつもりだ。

そのうち、瞼《まぶた》が重くなってきた。

廊下にバタン、バタンと上草履の音がして、障子《しょうじ》がひらいた。足音が部屋のなかにはいってきた。

屏風の外から、

「もう、おやすみなんしたか」

と、玉垣が呼びかけている。

おそまきながら、ほかの客を終えて、俺のところにきたようだ。

喜助も、「鰻がまいりました。飯もお持ちしましたよ」と、しきりに呼びかけていた。

ふたりの声は耳に届いていたし、「ああ」と返事もしたのだが、頭のなかには濃い霧が立ち込めているようだった。

体がどうしても動かない。奈落《ならく》の底に吸い込まれていくような眠気だった。

（九）

目が覚めると、そばで女が軽く寝息を立てていた。

「えっ、ここはどこだ」

一瞬、戸惑う。

ようやく思い出した。

「なんだ、玉垣ではないか。いつのまに来たのだろうか」

不思議な感覚だった。

大病をしてからというもの、全快したあとも、俺はほとんど引きこもりの生活をしていた。すっかり体がなまっていたに違いない。きのうは三囲稲荷社で水戸藩士ふたりをぶちのめし、そのあとで渓声庵に寄った。それから、吉原に繰り出してきたのだ。久方ぶりの遠出で疲れきり、ふかふかの三つ布団に横になっているうち、ついつい熟睡してしまったのであろう。

それにしても、せっかく登楼しながら、しかも女郎と同衾《どうきん》しながら、なにもせずにいぎたなく寝ていただけだと思うと、なんともいまいましい。悔しさもこみあげてくる。

腹立ちまぎれに、

「おい、起きろ、起きろ」

と、足で女の体を邪険《じゃけん》につっついてやった。

ムニャムニャつぶやいていた玉垣が、ようやく目を覚まし、

「おや、もうお目覚めでおざんしたか。ゆうべは、よくおやすみでおざんしたえ。きっと、これからは馴染みになっておくんなんし」

と、ぬけぬけと言った。

もしかしたら、女と添い寝するだけで満足している男と思っているのだろうか。あるいは、もう役立たずと誤解しているのかもしれない。となると、面目《めんぼく》丸潰れだ。

ここは、はっきりさせておかねばならない。

「馬鹿ぁ言え。夕《ゆ》ンべは、酒を呑みすぎたのでつい眠り込んでしまったのだ。つぎに来たとき、昨夜の分は取り返す」

「おや、勇ましいことでありぃす」

玉垣は笑いをこらえている。

腹立たしいが、まあ、女に楽をさせてやったと思うことにした。これも善行のひとつであろうよ。

屛風をあけると、畳の上に飯櫃《めしびつ》と鰻の蒲焼をのせた皿が置いてあった。ともに、とっくに冷めてしまっている。

「よし、鰻茶漬けでも食うか。熱い茶を持ってきてくれ」

こうなれば、自棄《やけ》食いだ。

「あい。すぐに、若い衆《し》に持たせぃす」

と返事をして、玉垣が部屋から出て行った。

入れ代わるように禿が、水を入れたうがい茶碗を丸盆にのせて持参した。

口をすすぎ、顔を洗った。汚れた水は半挿《はんぞう》に捨てる。

歯磨粉と楊枝を使って歯をきれいにしたあと、楊枝をピシッと折った。使用後、ふたつに折っておくのは客の心得だからな。

若い者が沸《わ》かしたての湯を薬缶に入れて持ってきた。冷飯に冷えた鰻を乗せ、上から熱い茶を注いで、サラサラとかき込んだ。

客のほとんどは朝帰りで、すでに明六ツ（午前六時ころ）前に妓楼を去っている。日が高くなったあと、のんびり女郎の部屋で朝飯を食っているのは、居続け客か俺くらいのものであろう。

喜助が顔を出し、

「湯ができました。お召しになりませんか」

と、風呂を勧めた。

妓楼には内湯があり、居続け客は女郎より先にはいることができる。俺は居続けというわけではないが、気を使ったようだ。

内湯は狭いため、居続け客は気分転換を兼ねて、外の湯屋に行くことが多い。女郎のなかにも狭い内湯を嫌い、わざわざ湯屋に行く者が少なくないほどだ。

「いや、外に出よう」

俺も湯屋に行くことにした。

吉原のなかには揚屋町や伏見町、西河岸にも湯屋があるのはちゃんと知っている。

「ひとっ風呂、浴びてくるぜ。それから、帰るとしよう」

湯銭だけ持って、手ぬぐいを肩にかけた。

下駄を借り、小松屋を出る。

行き先は、揚屋町の湯屋だ。

＊

通りには、天秤棒《てんびんぼう》で荷をかついだ魚屋や八百屋、豆腐屋などの行商人が行き交い、声を張りあげていた。

同じ天秤棒でも、肥桶《こえおけ》をかついでいるのは近在からやってきた汲《く》み取りの百姓だ。大見世ともなると、女郎や奉公人を合わせておよそ百人が生活している。それに、毎晩大勢の客がくる。毎日のように汲み取らないと、妓楼の便所はたちまちあふれ出すだろうよ。

「それこそ、柄の抜けた肥柄杓どころではあるまい。ハハハ」

女郎が鼻をつまんで逃げ惑うさまを想像して、つい笑った。

瓦葺《かわらぶ》き二階建ての大きな建物からは、湯気がただよっていた。江戸の町では湯屋はすぐにわかるが、吉原は豪壮な妓楼が軒をならべているだけに、さほど目立たない。

向かって右側に男湯、左側に女湯の入口がある。

女湯のほうに、禿に浴衣《ゆかた》や糠袋《ぬかぶくろ》を持たせた女郎がはいっていく。吉原ならではの光景だ。揚屋町の湯屋は湯がきれいというので、女郎のあいだではもっとも人気があると聞いていた。

「いらっしゃりませ」

番頭は律儀《りちぎ》に羽織を着ていた。

見覚えのある顔だった。相変わらず、番台に座っているようだ。

四文銭を二枚、番台に置いたあと、下足棚に下駄をあずけた。脱衣所で着物を脱いで戸棚に収め、素っ裸になっていると、浄瑠璃《じょうるり》が聞こえてきた。

〽逢《あ》いそめてより一日も、烏の啼《な》かぬ日はあれど、お顔みぬ日はないわいな…

新内の『尾上伊太八《おのえいだはち》』だ。湯につかりながら、本人はいい気分でうなっているのであろう。玄人《くろうと》はだしの、なかなかの節回しである。

まず、板敷の洗い場で、ざっと体を流した。そばで、若い男がふんどしを洗濯していた。

石榴口《ざくろぐち》をくぐって、湯船につかった。

全身を沈めながら、俺は、

「う、ううう」

と、うなった。

飛び出したくなるような熱さだったが、歯を喰いしばってグッとこらえる。ここが、我慢のしどころだ。

ようやく落ち着き、「フーッ」と大きく息を吐いたとき、話しかけてきた者がいた。

「勝さまではございませんか。お珍しい」

丸顔で、目に愛嬌《あいきょう》がある。髷《まげ》は小銀杏《こいちょう》に結っていた。

馬骨《ばこつ》という名の幇間《ほうかん》だ。

かつて、俺が盛んに吉原に出入りしていたころ、本所入江町の家に遊びに来たこともある。さきほど新内をうなっていたのは、この男かもしれない。

俺は息も絶え絶えに言った。

「あ、あ、おめえか。まだ生きていたようだな。う、う」

「え、どうしました。苦しそうですが」

「あ、熱いだけだ」

「なんだ、そうでしたか。ご病気とか聞いておりましたが、もう、よろしいのですか」

「ああ。とっくに死んだと思っていたか」

「へへ、陰ながら、ご本復《ほんぷく》をお祈りしておりました」

「嘘をつけ。うう、たまらん」

ついに我慢《がまん》できなくなり、俺は湯船から転がり出た。

あとから、クスクス笑いながら馬骨が洗い場に出てくる。

洗い場に尻を着き、フーッとため息をついた。こんな熱い湯は久方ぶりだった。

そのとき、バサッと俺の体に汚れた湯が浴びせかけられた。

「なにをしやがる」

カッとなって、目を向けると、太鼓腹の大男が洗い場の中央で仁王《におう》立ちになり、なにやら怒鳴っていた。

足元に、若い男がうずくまっている。大男に突き飛ばされた拍子に、ふんどしを洗っていた盥《たらい》がはね、湯が俺のほうに飛び散ったというわけだ。

なにか気に入らないことがあり、大男が若い男をぶちのめしたのだろう。

馬骨が舌打ちをした。

「また、あの野郎だ」

「知っているのか」

「満作《まんさく》というごろつきですよ。相撲上がりで、体が大きく、馬鹿力があるだけに、暴れ出すと手がつけられません。みな適当にあやまり、なだめすかして、いくばくかの金を包んでお引き取り願うというわけです。ますます、付けあがるわけですがね」

「相撲上がりか。道理でな」

向こう意気が強いことでは人後に落ちない俺だが、さすがにためらうものがあった。柔術の稽古をしたことがあるため、着物さえ着ていれば、相手が巨体でもさほど恐くはない。

しかし、素っ裸だ。つかみどころがない。ぶちかましや張手をまともに喰らったら、それこそ一発で気を失うであろう。

「勝さま、どうです、あの満作の野郎を一緒に懲《こ》らしめてやりましょうよ。謝礼として、湯屋の亭主から金二分は引き出してみせます。山分けで、一分ずつ。いかがです」

「一緒に懲らしめるだと。おめえは、どういう役回りだ」

「あたしは口八丁ですから、あとで亭主から祝儀を引き出す役回りをやらせていただきます。へい」

「調子のよいことを言うな。それも言うなら、『口も八丁手も八丁』だろうよ。手も八丁のところを見せてみろ」

いったん叱《しか》りつけておいてから、馬骨に耳打ちした。

「どうだ。やれるか」

「へい、承知しました。さすがお武家、兵法《ひょうほう》を用いるわけでございますな。へいへい、口も八丁手も八丁、万事呑み込み、細工は流々仕上げを御覧《ごろう》じろ、と」

　馬骨が桶で湯船の湯を汲み、戻ってきた。

「ツツン、ツツテントン」

　鼻歌まじりで満作のそばに近づくと、いきなり、

「ほらよっ」

　と、湯をザンブと下腹部に浴びせかけた。

「わっ、熱っ、てめえ、なにをしやがる」

　満作が悪鬼の形相《ぎょうそう》で、馬骨につかみかかろうとした。

　そのすきに、俺が背後にまわった。後ろからサッと、左腕を満作の首に巻きつけた。右腕は曲げている。左手で右の二の腕をしっかりつかんで固定しながら、右の手のひらで後頭部を前方にグイグイ押し付ける。

　柔術の裸絞《はだかじめ》だ。

　不意を突いたため、がっちり決まった。いくら巨体で腕力があっても、がっちり決まった絞め技からはまず抜け出せない。

「汚れた湯を浴びせるとはなにごとか」

「ううう」

　その巨体を左右に動かし、必死に振り払おうとするが、俺はぴったりと体を密着さ

せて離れない。渾身《こんしん》の力をこめて絞め続ける。

ついに、満作の全身からスーッと力が抜けた。巨体を絞め落としたのだ。なんとも愉快である。

俺が手を離すと、巨体が背中からくずれ落ち、濡れた板敷がドーンと反響した。

すかさず、横っ腹に思い切り蹴りを入れる。爪先が、分厚い肉のあいだに食い込んだ。

満作は弱々しくうめくだけで、立ちあがれない。

「二度と、この湯屋に来るな。今度は、首の骨をへし折ってやるからな」

そう言いながら、またもや横っ腹を蹴りつける。

「へ、へい。もう、勘弁《かんべん》してください」

ついに、満作が泣きを入れてきた。

そこで、俺も蹴りつけるのをやめた。

足指の爪で皮膚が切れたのか、横腹から細く鮮血がたれていた。

これに懲りて、満作も少しはおとなしくなるだろうよ。

ホーッと、遠巻きにしていた裸の男たちがため息をついた。

「さすが、勝さま、お見事、お見事」

真っ裸の馬骨がはしゃいで、踊っている。

その股間《こかん》で揺れているものが目にとまった。

「馬骨の名の通り、おめえの物は馬並みと聞いていたが、なんてことないじゃねえか」

「なにを、おっしゃいます。いまは縮こまっているんでさ。見損《みそこ》なってもらっちゃあ、困りますぜ。伸縮自在。いざというときには、馬並みになりやす」

いったん大股を開いて見得を切ったあと、馬骨が付け加えた。

「まあ、相手にもよりますがね」

まわりでドッと笑い声がはじけた。

（十）

湯屋から出て小松屋に戻りながら、爽快《そうかい》な気分だった。着物の袖には二分《ぶ》金がはいっている。

なんと、湯屋の主人は満作を懲らしめた謝礼として、一両を奮発したのだ。主人としては、今後ともよろしくという意味をこめたのだろうがな。

ともあれ、馬骨と折半《せっぱん》し、二分ずつというわけだ。

「稽古したことは、それなりに役に立つものだな」

子供のころに習った柔術の技が役立ったことを考えると、俺もちょっと神妙な気持ちになった。

九歳のとき、父の男谷平蔵の言いつけで、横網町《よこあみちょう》の柔術道場に入門した。師匠は有名な鈴木清兵衛《すずきせいべえ》の二代目で、門人は多かった。

ところが、俺はまじめに稽古をしないで、悪さばかりしていた。相弟子からは嫌われたが、試合をすると不思議と俺が勝つ。相手を痛めつけ、泣かせたこともしばしばだ。そのため、ますます憎まれた。

寒稽古のときだ。

子供の門弟がそれぞれ菓子などを持ち寄り、稽古を終えたあとに一緒に集まって食べる会があった。俺も饅頭《まんじゅう》を持参し、楽しみにしていた。

いざ会が始まる段になると、みなで示し合わせていたのであろう、

「それ、小吉をやっつけろ」

と、寄ってたかって俺を押さえつけ、帯で縛りあげて、道場の天井の梁《はり》から吊るしてしまった。

そうしておいて、みなで和気藹々《わきあいあい》と菓子を食べ始めた。あろうことか、俺が持ってきた饅頭まで勝手に分けて、これみよがしにムシャムシャ食べているではないか。

怒り心頭に発するとはこのことだ。ぶん殴ってやりたいが、天井から吊るされてい

るから身動きできない。

思いついて、上から小便をしてやった。ふんどしと着物をつたって、ポタポタと落ちる。

「わっ、この水はなんだ」

「小便をたれやがったぞ」

「わっ、汚い」

と、みなはあわてて逃げ惑う。

小便のしずくが散ったため、せっかくの菓子もすべて捨てる羽目《はめ》になった。

そのときは、「いい気味だ」と、子供心にも痛快だった――。


「よくもまあ、馬鹿なことをしたものだ」

子供のころを思い出し、苦笑しながら小松屋に戻った。

すぐに喜助が寄ってきた。

「湯屋で、相撲上がりの大男をやっつけたそうでございますな」

もう、噂が伝わっているようだ。

吉原はお歯黒ドブで囲まれた区画に多くの人間が密集して住んでいるだけに、風聞が伝播《でんぱ》するのは早い。その分、尾鰭《おひれ》もつく。おそらく、馬骨が大いに吹聴《ふいちょう》するであろうよ。

あっさり、

「絞め殺すと、死体の始末が大変だからな。気絶させるだけにしておいた」

と、答えてやった。

その場にいた若い者はみな、目を丸くしていた。

羽織を着て、両刀を返してもらい、あらためて小松屋を辞去する。

喜助が土間に草履をそろえ、

「また、お近いうちに」

と、見送った。

大門を出ると駕籠には乗らず、日本堤を山谷堀までぶらぶら歩いた。風呂あがりだけに、吹き渡る風が心地よい。

山谷堀の船宿で猪牙舟を雇い、本所入江町の河岸場まで舟で帰った。

舟を降りてから、ちょいと我が家に寄った。岡野家の門からのぞくと、下男が井戸端で水汲みをしていた。

「おい、おい」

「おや、旦那さま。どうなさいました」

「ちょいと、お順を呼んでくれ」

と、下の娘を呼び出してもらった。

姉のおはなよりは、妹のほうがこういうときは役に立つ。俺はもっぱら、お順を使いにしていた。

しばらくして、お順が下駄をカラコロ鳴らしてやってくるや、

「お父さま、お帰りでございますか」

と、妙に皮肉っぽい口をきいた。

幼心にも、父親が道楽者というのは承知しているらしい。もちろん、道楽の中身までは理解できていないだろうがな。

「うむ、まあ。わしはこれから、男谷の道場に行ってくる。なにかと忙しくってな。これを、母《かか》さまに渡してくれ。では、急いでおるのでな」

娘の手に、湯屋からもらった謝礼の半分の一分を握らせると、逃げるように踵《きびす》を返した。

やはり、俺も娘には弱い。

向かう先は、本所亀沢町にある男谷精一郎《せいいちろう》の屋敷だ。入江町から亀沢町まで、なんてことはない。

歩きながら、精一郎のことを考えた――。

＊

精一郎は、男谷平蔵の長男彦四郎《ひこしろう》の跡取りだ。彦四郎はすでに死んだから、いまや精一郎が男谷家の当主である。

続柄からすれば、俺が叔父、精一郎は甥にあたるのだが、精一郎のほうが四歳年上なのだから、なんともややこしい。

俺は勝家に養子に行ったとはいえ、実際は男谷平蔵の屋敷のなかで暮らしていたのだから、男谷家の人間と変わらない。

子供のころから、精一郎とは兄弟同然に付き合ってきた。

連れ立って盛り場に、喧嘩の稽古に出かけたこともある。それでも、精一郎はどこか違うところがあった。

刀を振りまわす荒っぽい喧嘩をしながらも、かろうじて死者を出す事態にまでいたらなかったのは、ひとえに精一郎の引き際の判断だった。

ぎりぎりの危ういところで、

「これまでだ。さあ、逃げよう」

と、何度も幕引きをしてくれた。

もし死者が出ていたら、俺は役人に召し捕られ、無事ではすまなかったろう。いまになって考えると、俺がこうして生きていられるのは精一郎のおかげかもしれない。

剣術にしても、精一郎は俺とは違う。

同様に直心影流の団野源之進《だんのげんのしん》（真帆斎）に弟子入りしながら、俺はいくつか免状を得ただけですぐいい気になって、他流試合をして暴れまわっていたのに対し、精一郎はひたすら修業にはげみ、免許皆伝《めんきょかいでん》を得た。ついには、団野先生の後継者に指名されたのだからな。

直心影流の男谷道場は評判がよく、門人も多い。江戸の名門道場のひとつといってもよかろうよ。

ただ、俺としては精一郎のやり方にいささか不満がないわけではない。

他流試合を申し込んでくる者がいると、男谷道場では、

「当流では、他流試合は固く禁じられております」

などと逃げ口上を言うようなことはしない。

精一郎はいつでも、敢然《かんぜん》と他流試合を受けて立つ。そこは立派だと、俺もかねがね認めている。

不満なのは、試合内容だ。

他流試合を申し入れてきた者と三本勝負をする場合、最初の一本は精一郎が取る。

つぎは、相手が取る。そして、三本目は精一郎が取る。結果として二対一で精一郎が

勝つわけだが、いつも同じだ。

あるとき、精一郎が他流試合をしているのを見学していて、三本のうち一本は明らかに相手に勝ちを譲《ゆず》っていると見抜いたから、あとで猛然《もうぜん》と喰ってかかってやった。

「精《せい》さんの実力なら、三本とも取れたはずだぜ。なぜ、わざと負けてやるような真似をするのか。試合なのだから、とことんぶちのめしてやれよ。それとも、遺恨《いこん》を持たれるのが恐いのか」

「もちろん、遺恨を残さないようにするという配慮もありますが、それ以上に、相手にやる気をなくさせないようにしようと心がけているのです。よろしいですか、剣術の試合は喧嘩とは違いますぞ。他流試合にくる連中はみな、それなりに剣術に精進している人間です。完膚《かんぷ》なきまでに打ちのめせば、自信を喪失《そうしつ》して剣術をあきらめるかもしれません。

三本のうち一本取れれば、『自分でも一本取れた。もっと稽古をすれば、三本とも取れるかもしれない』と考えて奮起し、いっそう稽古にはげむかもしれないではありませんか。人間には希望を持たせてやらねばなりません」

普通だったら怒り出すところだろうが、精一郎は温和にほほえみ、俺の罵倒《ばとう》をやんわりと受け流す。諄々《じゅんじゅん》と諭《さと》すといってもよかろう。

それでも、俺の不満はおさまらない。

「しかしよ、精さん、世間には、『あの男谷精一郎から一本取ってやった。男谷精一郎といっても、たいしたことはないぞ』などと吹聴してまわっている馬鹿な野郎がいるんだぜ。悔しいじゃないか。そんな話を聞くと、俺は腹が立ってならねえぜ」

「それでよいのです。その者も、いずれ気づくはずですから」

精一郎はいっこうに動じなかった。

温厚というのか、人徳があるというのか、人間ができているというのか。その人柄は、まさに春風駘蕩《しゅんぷうたいとう》とでもいうのだろうな。

ともかく、俺とは大違いだ。

同じ男谷の血を引きながら精一郎のような男もいれば、俺のような男もいるのが自分でも不思議でしょうがない。

（十一）

本所亀沢町の男谷家の屋敷は、敷地が四百坪ほどある。

門をはいってすぐ右手のところに道場があった。腰は板張りで、窓は無双窓《むそうまど》、屋根は入母屋《いりもや》造りの平屋建てである。

幕臣としては、男谷精一郎は天保十四年（一八四三）三月、書院番から徒頭《かちがしら》に昇進した。いまでは徒頭を務めながら、直心影流の道場を主宰《しゅさい》していることになる。

道場は静かだった。すでに稽古は終わったようだ。道場の玄関で、内弟子らしき若い門人が雑巾《ぞうきん》がけをしていた。

「先生はいるかい」

「母屋《おもや》の、書斎にいらっしゃると思いますが。どなたでございますか」

門人は、俺のぞんざいな物言いに驚いていた。

「いや、わかっている。案内はいらない」

もとより屋敷内の勝手は知っている。ずかずかと中庭のほうにまわった。

かつて、俺はこの屋敷で暮らしていたのだ。座敷牢に押し込められたのも、ここに住んでいたときのことである。

中庭に面して、精一郎の書斎があった。

庭に面した障子はあいている。

精一郎は机に向かって書物に読みふけっていた。

背はさほど高くなく、小太りだ。とても武芸者には見えない。背筋をただして机に向かっている姿は、まるで謹厳《きんげん》な儒者《じゅしゃ》のようだった。

「精さん」

と、庭から呼んだ。

書物から目をあげ、

「おや、吉《きち》さん。どうしました」

と、おだやかな笑みを浮かべた。

迷惑そうな様子はまったくない。

子供のときからの習慣で、いまだに俺のことを「吉さん」と呼ぶ。もちろん、「叔父上《おじうえ》」などと呼びかけられたらきまりが悪いから、吉さんでかまわない。

「ちょいと、相談があるのだが。よかろうか」

「はい。どうぞ、おあがりください」

「では、あがらせてもらうぜ」

草履を脱ぎ、濡縁から書斎のなかにあがりこんだ。

書斎は八畳くらいの広さだ。

一隅に諸葛孔明《しょかつこうめい》の画像が掛けてあるほかは、壁には和漢の書物を収めた文庫が隙間《すきま》なく並べられていた。机の上には、精一郎がこれまで読んでいた書物が置かれている。

漢籍のようだった。俺も戯作《げさく》であればどうにか読みこなすが、漢文となるとちんぷんかんぷんだ。

子供のころ、「子曰《しいわ》く」と聞いただけで、虫酸《むしず》が走った。もっとも、最近では、ちゃんと学問をしておけばよかったと思わないことがないでもない。

精一郎は稽古の合い間を見ては、寸暇《すんか》を惜しむように書物に読みふけっている。こういう人間を文武兼備とか文武両道とかいうのであろうな。

所帯を持って以来、精一郎はこれまで女房に手をあげたことはおろか、叱《しか》りつけたことも一度もないという。身持ちも正しく、酒こそ呑むものの、女遊びとはまったく無縁だ。女は、女房しか知らないのではあるまいか。俺なんぞからすれば、べらぼうな、信じられない話だ。

だが、精一郎を見ていると、それが人間の正しい生き方のような気がしてくるから妙だ。

着流しの俺はどっかとあぐらをかいたが、袴姿の精一郎は膝をくずさない。本人は正座が性《しょう》に合っているのだろうから、俺は気にしないことにしている。

「相談ということですが」

「じつは、教えてほしいことがあってね。ほかの人間には恥ずかしくて聞けないから、精さんのところに来たのさ」

「どういうことが知りたいのですか」

「御三卿のことと、町奉行の遠山金四郎どののことだがね。精さんが知っているかぎりのことを、教えてくんな」

初瀬に関して、俺としても予備知識を得ておきたかった。

もしかしたら、なにかの陰謀かもしれないという警戒もあった。

たとえどう転んでも、俺は隠居だからいっこうにかまわないし、さほど命も惜しくないが、倅の麟太郎の足を引っ張るようなことだけはしたくなかった。

＊

精一郎はとくに理由を問いただすこともなく、淡々《たんたん》と説明を始めた。

「尾張藩徳川家、紀州藩徳川家、水戸藩徳川家を御三家というのはご存知ですな。御三家につぐ家柄が御三卿で、一橋家、田安《たやす》家、清水家があります。御三家と御三卿はともに徳川一門と申せましょう。将軍家に跡継《あとつ》ぎがない場合、御三家と御三卿は養子を出す資格があります。現に、前の十一代将軍家斉さまは、一橋家のご出身でした。十代将軍家治《いえはる》さまに男子がなかったため、一橋家から家斉さまが養子にはいられたのです。

ところが、近年では、御三家や御三卿に男子が生まれないという事態が生じております。とくに一橋家は深刻でした。

四代当主に男子がなかったことから、田安家から養子を迎え、五代当主に立てました。その五代当主に男子がなかったため、将軍家から初之丞さまを養子に迎え、六代当主に立てたのはご承知の通りですな。

ところが初之丞さまも亡くなり、ふたたび田安家から養子を迎えました。それが、いまの七代当主、一橋慶寿《よしひさ》さまですが、まだ男子がいません」

「男が生まれないわけか」

明快な解説に感心した。

武家は男子がいないと断絶になる。俺が勝家を継いだのも、そういう背景からだ。

「もうひとつは、遠山金四郎どののことでしたな」

精一郎は『武鑑《ぶかん》』を取り出してきて、たしかめながら語る。

「遠山家は家禄五百石の旗本で、屋敷は愛宕下《あたごした》ですな。家紋は、丸に六本格子紋《ろっぽんこうしもん》。

遠山金四郎どのは若いころ無頼《ぶらい》の徒と交わり、盛んに遊里に出入りしていたそうです。そのころ、二の腕から肩にかけて彫《ほ》り物をしたとも伝えられております。その図柄は、髪を振り乱し、手紙を口にくわえた美人の生首だとかいう、まことしやかな風聞もありますが、真偽《しんぎ》の程は定かではありません。とかく、こういう噂はひとり歩きするものですから」

「ほほう」

遠山金四郎が若いころ放蕩《ほうとう》者だったと知って、俺は俄然《がぜん》うれしくなってきた。

「若いころに道楽したほうが、将来は大物になるんだぜ」と茶々を入れたくなったが、精一郎の生真面目な顔を見て、口に出すのは思いとどまった。

「遠山どのは天保十一年（一八四〇）に、町奉行に任ぜられました。ところが、翌年から、ご老中水野《みずの》越前守《えちぜんのかみ》忠邦《ただくに》どのによるご改革が始まりました。

この天保の改革では、峻厳《しゅんげん》なぜいたく禁止が実施され、庶民の生活の細部にまでわたるきびしい規制がなされました。南町奉行の鳥居《とりい》甲斐守《かいのかみ》耀蔵《ようぞう》どのは杓子定規《しゃくしじょうぎ》に規制を実施しようとしました。

いっぽう、北町奉行の遠山どのは庶民の生活の実情を知っているため煩瑣《はんさ》な規制に反対し、鳥居どのとしばしば対立したと伝えられております。その結果、遠山どのは町奉行を罷免《ひめん》されてしまいました。

天保十四年、ご老中の水野どのが失脚することで、天保の改革も終了しました。水野どのの片腕だった鳥居どのも罷免されました。

こうして去年、五十三歳の遠山どのがふたたび登用され、南町奉行に任命されたのです。名奉行遠山金四郎への期待の現われといってよいでしょうな」

「ふむふむ、二度目の町奉行就任というわけか。遠山どのは若いころ道楽者だっただけに、下情《かじょう》に通じた名奉行というわけだな」

と、大いに納得した。

俺がしきりに若いころの放蕩を強調するものだから、精一郎も苦笑していた。

「ところで、精さん、遠山どのの妹で、かつて大奥、その後は一橋家で奉公していた初瀬という女を知っているかい」

「吉さんの伯母、わたくしにとっては大伯母《おおおば》にあたる阿茶の局の、片腕だった女《ひと》ですな。初之丞さまが一橋家に養子にはいるに際して、阿茶の局によって一橋家に送り込まれたのでしたな」

「えっ、阿茶の局の片腕だったのかい」

さすがに、俺は自分の無知が恥ずかしかった。

精一郎が続けた。

「仄聞《そくぶん》するところによると、初瀬どのは博覧強記《はくらんきょうき》、胆大心小、深慮遠謀、並みの男は太刀打ちできない女傑《じょけつ》とか。しかも、大奥、一橋家、町奉行所に太い絆《きずな》があります。これまで、諸般の事情から窮地《きゅうち》に追い込まれた大名や旗本が初瀬どのに助言を求め、危機を脱したと聞いております。表舞台にこそ姿を現わしませんが、大変な実力者のようですな」

「ほう、そんな有名な女だったのか」

またもや、自分の無知を恥じるばかりである。よりもよって、吉原の遊女と勘違いしていたのだからな。穴があればはいりたいとは、このことであろうよ。

「有名というより、知る人ぞ知るという存在でしょうがね」

途中で、精一郎が口調をあらため、

「縁戚や縁故を頼って役職を求めるのは、わたくしの好むところではありません。猟《りょう》官《かん》は厳《げん》につつしむべきです。それに、そんな手づるに頼らなくとも、麟太郎どのは自分で道を切り開き、いずれ世に出るでありましょう。遠からず、ひとかどの人物になる男ですぞ」

と、諭《さと》すように言った。

初瀬を手がかりにして、俺が麟太郎の出世を画策《かくさく》していると誤解したようだ。かつて、初之丞さまのことでは夢破れた。夢よふたたびと、親馬鹿が動き出したと思ったのであろう。

「違う、違う。そんなんではない。これは、俺の仕事でな」

あわてて、手を左右に振った。

なおも、精一郎はかすかに眉《まゆ》をひそめている。

「どういうことですか」

「うーん、話せば長くなる。それに、俺はもう隠居だが、精さんは徒頭《かちがしら》だ。知らないほうが、かえってよいのさ。では、これで帰る」

「まだ、いいではありませんか。久しぶりで、家内や倅に会ってやってください。いま、呼びます」

引きとめようとするのを、

「いや、またにしよう」

と、振り切るように立ちあがり、濡縁《ぬれえん》からさっさと庭に出た。

精一郎は憮然《ぶぜん》としていた。

きっと、俺の背中を見送りながら、「困った叔父だ。あの歳になって、まだ馬鹿なことをしているのだからな」と、ため息をついていたに違いない。

男谷の屋敷を出たあと、武家地は退屈だから、竪川《たてかわ》沿いの町屋を歩いて帰ることにした。

途中、蕎麦屋の置行灯《おきあんどん》が目についた。

「ちょいと腹がへったな」

家に帰っても、どうせろくな食い物はないであろう。蕎麦屋に寄って、しっぽく蕎麦でも食うことにした。かまぼこ、しいたけ、玉子焼き、鶏肉をのせた蕎麦で、俺の好物だ。

第二章　十万坪の大掃《おおはら》い

（一）

ふたたび渓声庵に呼び出されたのは、最初に訪ねてから数日後だった。

迎えに来た下男の久兵衛とともに俺が渓声庵に着いたとき、玄関には三十歳くらいの武士と、供の中間《ちゅうげん》がいた。

中間が着た看板法被《かんばんはっぴ》には、丸に六本格子紋が染め抜かれていた。

遠山家の家紋だ。先日、男谷精一郎から教えられていたため、すぐに武士が遠山金四郎の家来とわかったが、俺は黙っていた。

玄関に現われた初瀬は、

「隅田川の堤でも歩きながら、お話いたしましょう」

と、若い娘のようにはにかんだ。

頬がうっすらと赤く染まっている。

頭に白絹の布をかぶり、足元は下駄ばきだった。

もちろん、俺に異存《いぞん》はない。

「はい、けっこうです」

かたわらの武士が、

「みどもも、お供つかまつろう」

と、同行を申し出た。

「いえ、それにはおよびません。お茶でも飲んで、ゆっくりしていてくださいませ」

初瀬がやんわりと断わった。

同行を拒まれた武士はいかにも不満そうだった。見当違いにも、俺のほうをにらみつけてくる。

ムッとして、「おい、なにか文句があるのか。喧嘩なら、いつでも買うぞ」と口走りそうになったが、思い直した。いかん、いかんと、自分を戒《いまし》める。ここが肝心《かんじん》なところだ。俺は目をそらし、相手にならなかった。

枝折戸《しおりど》から出ると、ふたりで田んぼ道を歩き、土手にのぼった。

これまでさんざん女遊びをしてきたが、こうして女と連れ立ってふたりで道を歩くなど、生まれて初めての体験である。女房のお信とすら、これまで一緒に外を歩いたことは一度もない。

考えてみると、ちょっと不思議だ。ガラにもなく、落ち着かない気分になった。

土手に並んで立ち、隅田川を見おろす。深い青みをおびた滔々《とうとう》たる流れのなかに、大きな寄洲《よりす》がある。草が生い茂り、緑の小島のようだ。

そのあざやかな緑を背景に、白い帆をかかげた高瀬舟《たかせぶね》が風をいっぱいに受けて航行していた。

「いいながめですわね。李白《りはく》の詩を思い出しました。

両岸青山相対出　両岸《りょうがん》の青山《せいざん》　相対《あいたい》して出《い》で

孤帆一片日辺来　孤帆一片《こはんいっぺん》　日辺《にっぺん》より来《きた》る

両岸には緑の山が向き合って突き出しており、その下へ、白い帆をひとつかかげた船が東のほうからくだってきた。

ぴったりではございませんか。ごくありふれた光景でも、歌や詩の一節を思い出すと、急に美しく見えてくることがあります。歌人や詩人に、自然の美しさの味わい方を教えられているとでもいうのでしょうか。歌人や詩人の感動を、追体験しているのかもしれません。そうは、お思いになりませんか」

べつに博識を衒《てら》っているようではなかった。

頭に詩文がたくさん詰まっているため、おりにふれ、おのずからあふれ出すのであろうよ。

だが、俺のもっとも苦手《にがて》な話題だけに、返事のしようがない。

知ったかぶりをするのはいやだから、はっきり言った。

「拙者は、そういう方面の道楽はないものですから」

「ホホホ、では、どういう方面の道楽なのですか」

またもや、返答に窮するような質問をしてきた。

冷や汗が出る。

「はあ、まあ」

急に、初瀬が話題を変え、

「吉原は、あのあたりですか」

と、対岸を指差した。

「そうですな。ここからでは、さしもの豪壮な妓楼の建物も見えませんが、竹屋の渡しで川を渡り、日本堤という一本道を歩けば吉原です」

「遊んだことはおありですか」

「世間では道楽者と呼ばれております」

「ホホホ、それは好都合です。近いうち、吉原に連れて行ってくださいませんか。一度でいいから、吉原を歩き、ながめてみたいと願っていたのです。兄に頼むわけにもまいりませんから」

「そうでしょうな」

「費用については、けっしてご負担はおかけいたしません」

「承知しました。そういうことであれば、拙者にお任せください。いつでも、ご案内いたしましょう。女郎買いをせず、ただ見物するだけであれば、費用もさほどかかりません。それに、拙者が一緒であれば、金を払えなどという無粋《ぶすい》なやつはおりませんから」

調子に乗って、先日の揚屋町の湯屋での武勇談をしゃべりそうになったが、かろうじて思いとどまった。

「ホホホホ」

楽しそうに笑っていた初瀬が、ややあって、表情をあらためた。

おもむろに、語り始めた。

（二）

「一橋家のいまの当主、慶寿《よしひさ》さまは、六代当主の初之丞さまがお亡くなりになったあと、田安家から養子に迎えられました。ところが慶寿さまには、まだお子がございません。一橋家では数代にわたり、跡継ぎが生まれない状況が続いております」

隅田川の流れを見つめながら、初瀬が言った。

一橋家に男子が生まれない状況が続いているのは、先日、男谷精一郎から教えられたことでもあった。

「慶寿さまは何歳ですか」

「ことし、二十四歳でございます」

それを聞いて、笑い出しそうになった。

なんと、麟太郎と同じ年齢である。老婆心《ろうばしん》ではあるまいか。俺の歳であっても、若い嫁さえもらえばいくらでも腹をふくらませてみせるぜ。一橋家の当主ともなれば正室のほかに、側室《そくしつ》はより取り見取りであろうよ。

「二十四歳であれば、まだこれから子供はいくらでもできましょう」

「いえ、慶寿さまは病弱で、健康がすぐれないのです」

初瀬が顔を曇《くも》らせた。

ことばを濁《にご》したが、その口調から慶寿は虚弱体質で、男としての機能も弱いことを察した。

「なるほど。あまり期待できないわけですな」

「そこで、一橋家のなかに、慶寿さまの長寿と男子誕生を祈願して、加持祈禱《かじきとう》を頼もうという者が出てきました。数年前、ある者が抱月院《ほうげついん》という行者《ぎょうじゃ》の噂を聞きつけてきました。その加持祈禱は霊験《れいげん》あらたかだというのです。

そこで、抱月院に加持祈禱を頼むことになったのです。目的が目的だけに、誰も表立って反対することはできません」

「そうでしょうな」

あいづちを打ちながら、俺はかつて加持祈禱の修行をしたことを思い出した。

二十六歳のとき、たまたま知り合った行者について真言密教《しんごんみっきょう》の加持祈禱を教えてもらったのだ。

真冬に真っ裸になって滝に打たれたり、断食《だんじき》をしたり、稲荷社に参籠《さんろう》したり、護摩《ごま》を焚《た》いたりして一心不乱に修行し、呪法《じゅほう》のすべてを伝授された。

人生で、ひとつのことにあれほど熱心に打ち込んだのは初めてかもしれない。

その後、習得した呪法を用いてなんとか富籤《とみくじ》をあてようとしたが、うまくいかなかった。当時、あれだけまじめに修行したのに、なぜままならないのかと、俺は腹立たしくてならなかった。ずいぶん、女房にもあたりちらしたものだ。いま思うと、かわいそうなことをした。

相手の話の腰を折ってはならないから、自分が加持祈禱の修行をしたことは黙っていた。

「抱月院に加持祈禱を頼んだところ、しばらくして側室のひとりが身ごもりました。みな、大変な喜びようです。けっきょく流産でしたが、抱月院への信頼は一気に高まりました。では、本格的に加持祈禱をやってもらおうというので、それまで浅草あたりに住んでいた抱月院を招き、深川の十万坪に祈禱所を建てて住まわせたのです。

十万坪はもとは海辺の湿地でしたが、江戸市中から出るゴミを運んできて埋め立てた土地で、いまは一橋家の領地です。あたくしも実際に足を運んだことはありませんが、開墾《かいこん》された田畑が点在するほかは草が生い茂る、広漠とした場所だそうでございます。日が暮れると、男でもひとりで歩くのは恐いほどだとか」

「そういえば、十万坪にはやっている祈禱所があるという噂を小耳にはさんだことがありますな。しばしば大名屋敷の奥女中が訪れているとか聞きましたが」

「その通りです。十万坪の祈禱所には一橋家の奥女中はもとより、評判を聞きつけて、男子が生まれないことに焦燥《しょうそう》する諸大名家から奥女中が代参で訪れるようになったのでございます。それにともない、風聞もささやかれるようになりました」

俺はピンとくるものがあった。

すぐに頭に浮かんだのは淫靡《いんび》な光景である。間違いあるまい。

相手は口に出しにくいであろうと思ったから、こちらからずばり切り出してやった。

「抱月院はとんだ食わせ物だったわけですな。訪れる奥女中を誑《たら》しこみ、淫蕩《いんとう》な所業《しょぎょう》にふけっているのでしょう。奥女中もみなそれを承知で、代参を名目にして祈禱所に押しかけているのでしょうな。抱月院の大きな独鈷《とっこ》で、女たちは加持祈禱をしてもらっていることになりましょう」

初瀬が大きな独鈷という比喩に、

「歯に衣《きぬ》を着せぬかたですね」

と、頰を赤らめた。

「いささか加持祈禱には縁があるものですから」

俺はちょっと得意を感じた。

独鈷は密教の修法に用いる法具で、手に握って使用する。その形態から、独鈷は鰹《かつお》節《ぶし》を指す僧侶の隠語でもある。俺は修行をしたことがあるから、密教の法具にはけっこうくわしいのだ。

そのとき、人の気配があった。

数人連れの男が、

「桜餅を食べましょう」

「いや、もう、鯉で腹いっぱいですぞ」

「桜餅は土産《みやげ》にすればよろしい」

などと、楽しそうにしゃべりながら土手を歩いてくる。

平岩で鯉料理を賞味したあと、桜餅で有名な長命寺を参詣するようだ。といっても、長命寺で桜餅を売っているわけではない。売っているのは門前の茶屋だ。

＊

数人の男が行き過ぎたあと、

「そもそも、抱月院は何者ですか」

と、俺が尋ねた。

初瀬が話を続ける。

「真言宗から派生した、立川流《たちかわりゅう》という邪教があります。始まりは永久年間（一一一三～一一一八）と言われておりますから、いまから七百年以上も昔のことになりましょう。立川流では、阿《あ》と吽《うん》、金剛界《こんごうかい》と胎蔵界《たいぞうかい》はそれぞれ男女両性を表わしているとし、

男女陰陽の道を以《もっ》て即身成仏《そくしんじょうぶつ》の秘術と為《な》し、成仏得道の法、此《こ》の外《ほか》に無し

と、説きました。つまり、男女の交わりこそが煩悩即菩提《ぼんのうそくぼだい》、即身成仏の実践である

という考え方です。経典の『理趣経《りしゆきよう》』を曲解し、経文のなかにある『妙適《みようてき》』や『適悦《てきえつ》』の句を男女の交わりによって生じる快楽のことなどとこじつけたのです。男女が交合したときの和合水を髑髏《どくろ》に百二十回にわたって塗り、毎晩子《ね》の刻から丑《うし》の刻のあいだに反魂香《はんごんこう》を焚《た》いて真言を唱《とな》える呪法をおこなえば、菩薩の境地が得られるとしています。

立川流敷曼荼羅《しきまんだら》は、男女の交合の姿を描いているとか。

もちろん、真言宗の総本山である高野山は立川流を認めず、邪教として排斥《はいせき》しました。慶長年間には、ご公儀も立川流を徹底的に弾圧しました。しかし、こういう邪教はなかなか根絶できるものではありません。形を変え、姿を変え、しぶとく生き残るものです。隠切支丹《かくれきりしたん》と同じかもしれません。

どうやら抱月院の呪法は、この立川流の流れを汲んでいるようでございます。というより、牽強付会《けんきようふかい》して、都合よく利用しているだけでしょうが」

「ほほう」

その博識には、俺もほとほと感服した。

いっぽうで、これまで江戸城や一橋家の奥女中として生きてきた初瀬は男を知らないはずであり、男女の交合や和合水をどこまで理解しているのか、やや疑問もあった。

気を利かせて、丁寧に注釈してやった。

「和合水とは初耳ですな。交合のとき、男はへのこから精水を漏らします。女の陰部は淫水で濡れます。拙者の察するところ、和合水とは要するに精水と淫水をこねまぜたものでありましょうな。

それにしても、髑髏に百二十回も和合水を塗るとなると、百二十回も交合をしなければなりませんぞ。うーん」

言い終えたあと、ちと露骨《ろこつ》だったかなと反省した。

それに、百二十回という回数に感心をしている場合ではないと、気づいた。

「抱月院がそんな不埒《ふらち》な男とわかっているのなら、一橋家でさっさと成敗《せいばい》すればよいではありませんか。素っ首を刎《は》ねてやればよろしい」

「それが、そうもいかないのです。いまの当主の慶寿さまが一橋家に養子にはいられるとき、実家の田安家から側近として数人の家臣と女中が従ってきました。この者たちがいま、一橋家を牛耳《ぎゅうじ》っているのです。

田安家から従ってきたなかに、加藤助左衛門《かとうすけざえもん》という家臣がおります。この加藤どのが抱月院を引き込み、祈禱所を建てた元凶です。しばしば祈禱所に足を運び、加藤どのも諸大名家の奥女中と淫楽にふけっている様子ですし、莫大な寄進も抱月院と山分けにしている模様です。加藤どのと抱月院は結託《けったく》しているといえましょう。

加藤どのは慶寿さまの側近ですし、迂闊《うかつ》に処罰すると田安家との関係も悪化しかねません。そのため、誰も手を出せないのです。しかし、このまま放置しておくわけにはまいりません。いずれご公儀《こうぎ》にも聞こえ、一橋家が譴責《けんせき》を受ける事態となるのは必至。その前に、手を打たねばなりません。

かといって、町奉行所は動くことはできません。祈禱所は一橋領の十万坪にあるため、町奉行所の役人がみだりに踏み込むことはできないのです。それに、行者などの取り締りは寺社奉行の管轄《かんかつ》ですから。そこで、勝どのにお願いしようというわけです」

「ははあ、なるほど。で、拙者にどうしろと」

「あたくしも、先日うかがった三囲稲荷社の件から、こういうことは蛮勇をふるって一気にカタをつけたほうがよいとわかったのです。加藤どのと抱月院を成敗してください」

「抱月院はどうせ素性《すじよう》の怪しい行者です。成敗するのは簡単ですが、加藤助左衛門どのは一橋家の家臣で、もとは田安家の家臣。拙者が成敗するわけにはいきますまい。捕らえて一橋家の屋敷に護送し、そこで処罰すべきでありましょう」

「いえ、そうするかえって手続きがややこしくなりますし、なにかと横槍《よこやり》もはいってきます。ひと思いに、十万坪で加藤どのを斬殺《ざんさつ》してください。そのほうが、後腐れがありませんから。怪我をさせただけだと、かえって事態が紛糾《ふんきゅう》します。確実に命を奪ってください」

初瀬があっさりと言ってのけた。

その豪胆《ごうたん》な発言には、俺もまじまじと顔を見つめてしまった。少しも動じるところなく、にこやかな笑みすら浮かべている。

日ごろは無鉄砲な俺だが、こうも大胆にけしかけられると、かえってためらってしまった。俺のほうがまともな、筋の通ったことを言っているのだから、なんともおかしい。

「加藤どのを殺してしまって、本当にかまわぬのですか」

「はい。要所には話をつけてあります。一橋領の十万坪でなにがおきようと、役人は見て見ぬふりをして、いっさい動きません」

要所とは、江戸城の大奥《おおおく》、一橋家のなかの反加藤勢力、それに町奉行所ということであろう。すでに、初瀬は外堀を埋めているのだ。あとは、決行あるのみということだった。

「お引き受けいただけますか」

まっすぐに見つめてくる。

こうなれば、引き受けざるを得ない。

「承知つかまつった」

「よかった。やはり、見込んだ通りの方でしたね」

ホッと、初瀬がため息をついた。

この女でもそれなりに緊張し、安堵のため息をつくのかと思うと、俺は意外だった。急に、いとしさがこみあげてきた。体を抱き寄せたくなったが、もちろんグッと自分を制御した。吉原の女郎とは違うからな。

その後、いくつか打ち合わせをしたあと、ふたりで渓声庵に戻った。

（三）

さきほどの武士は辛抱《しんぼう》強く、まだ待っていた。

それでも、自分が置き去りにされ、しかも長時間待たされたことが憤懣《ふんまん》やる方ないようだ。露骨にこちらをにらみつけてくる。

今度は、俺もまともににらみ返してやった。逃げていると思われたくないからな。

「おい、やるか」という気迫を全身に充満させる。

すると、あわてて武士は視線をはずした。意気地のないやつだ。これまで、喧嘩の稽古をしたことはないのであろう。俺は大いに気分がよかった。

渓声庵を辞去するとき、初瀬が言った。

「お内儀はお元気ですか」

「すっかり耄碌《もうろく》してしまって、とんと物の役に立ちません。もう、早桶《はやおけ》に片足を突っ込んだ婆ぁですな」

「そんなことを言うものではございません。お内儀をいたわり、大事にしなければなりませんよ」

「はあ。このところは、隠居さまのように大事にあつかっております」

「外出したとき、お土産を買って帰ったことはございますか」

「いえ、一度もありませんな」

「それはいけません。女はどんなささやかな土産であっても、わざわざ自分のために買ってきてくれたと思うと、うれしいものですよ」

「そんなものですか」

「お菓子でもお土産になさってはいかがですか」

そう言われて考えてみると、これまで外でさんざん甘い物は食い散らしてきたが、お信に菓子を土産にしたことはない。

ちょっと、せつない気持ちになった。

「そうですな。しかし、大の男が菓子屋で菓子を買うのも……」

「それはそうでございますね。では、ちょっと、お待ちくださぃ」

初瀬が女中に命じた。

しばらくして、女中が菓子を入れた紙包みを持参した。なんと、金沢丹後《かなざわたんご》の菓子だった。

金沢丹後は本石町《ほんこくちょう》二丁目に本店があり、江戸市中に数ヵ所の支店も出している。幕府御用達をはじめ、一橋家や薩摩藩島津家、仙台藩伊達家などの御用も務めるという高級な菓子屋だ。俺は菓子のことにはくわしいからな。

「これを、お土産にお持ちなさい」

と、初瀬が勧める。

いちおう、

「お気遣いいただき、かたじけない」

と、紙包みを受け取ったが、照れ臭いから、ふところに無造作に押し込んだ。

菓子を見ると、お信はもちろんのこと、娘のおはなやお順も歓声をあげるかもしれないな。それとも、気味悪そうな顔をするだろうか。

「では、本所の家で知らせを待っております」

渓声庵をあとにして、ふたたび土手に戻る。

見ると、さきほどながめた寄洲のまわりに、多数の白い水鳥が集まっていた。そのそばを、俵や樽を満載した荷舟が行き交っている。

「そうか。土産か。いままで、考えたこともなかったな」

きょうは、初瀬にひとつ教えられた気がした。

これからは俺も外出したときには、ちょくちょく家に土産を買って帰ろうと思った。

土手を歩いていると、竹屋の渡しの渡し舟が川を横切っているのが見えた。

「そういえば、先日の雪辱《せつじょく》をしなければならんな」

「いま思い出しても、なにもせずに寝てしまったのは悔しい。

立川流の秘儀を聞いたせいか、勃然《ぼつぜん》とこみあげてくるものもある。

これから吉原に行くことも考えたが、ふところには菓子がはいっている。

グッと我慢して、きょうのところは、まっすぐ帰宅することにした。

源森橋を渡って源森川を越えた。あとは、三ツ目通りをぶらぶら歩く。

吉田町《よしだちょう》の通りで、紺地に白く「正月屋」と染め抜かれた暖簾《のれん》が風に揺れているのが目にとまった。店先の掛行灯には「正月屋」、「志るこ餅」と書かれている。

正月屋とは汁粉屋のことだ。

腹がグウと鳴るのを覚えた。汁粉には目がないが、さすがにひとりで汁粉屋にはいるのは気恥ずかしい。

そのとき、声をかけられた。

「勝の殿さま。もう、お体のほうはよろしいのですかい」

源治《げんじ》だった。

縞《しま》の単衣を着て、帯に手ぬぐいをぶらさげ、下駄ばきである。

吉田町の裏長屋には夜鷹《よたか》が多数住んでいて、夜鷹の巣窟《そうくつ》ともいわれているほどだった。源治は夜鷹を仕切っている男だ。

そばに、女ふたりを引き連れている。どうせ夜鷹であろう。

昼間の明りで見ると顔色が悪く、肌も荒れていた。年齢もとっくに三十を超えているはずだが、夜中に各地の道端に筵《むしろ》を持って立ち、客をさそうときには二十歳そこそこに見えるのだから、よく化けるものだ。

「おう、きさまか。殿さまはよせ。もう、俺は隠居だからな」

そう言いながら、思いついた。

我ながら、妙案である。

「おめえら、小腹はすいてないか。ちょうどいい、正月屋がある。汁粉をおごってやろう」

「えっ、汁粉ですか」

源治はなんとも情けなさそうな顔になった。

酒好きなので、甘いものは苦手《にがて》なのであろう。「どうせなら、一杯呑ませてくださいよ」という気持ちが、ありありと表情に出ている。

だが、そばの女ふたりは大喜びし、

「おや、旦那、ありがたいね」

「汁粉なんて、久しぶりですよ」

と、はしゃいでいた。

まるで娘っこのような喜びぶりだ。ふたりとも声がガラガラなのがちょいと興ざめだった。

「よしよし。源治、そういうわけだから、きさまも付き合え」

こうなれば、俺も大威張りで汁粉屋にはいれる。

思う壺《つぼ》だった。

汁粉は一椀十六文が相場である。一椀の汁粉をすすりたいがために、六十四文を払う羽目《はめ》になるが、ここはやむを得まい。

三人を引き連れ、正月屋の暖簾をくぐった。

(四)

隅田川の堤で初瀬と打ち合わせをしてから、数日後である。

渓声庵の下男の久兵衛が呼びにきて、

「勝さま、ご足労《そくろう》をお願いいたします」

と、玄関先で言った。

もとより用件はわかっているから、

「ちょいと待ってくれ。すぐに着替える」

と返事をして、さっそく着替えを始めたが、体中のあちこちが突っ張るように痛んだ。

先日、吉原で体力の衰えを痛感して以来、俺は庭で木刀の素振りを始めたのだが、つい張り切りすぎて、今度は筋肉痛に悩まされるというていたらくだった。とくに、肩と背中が張っている。

背中を曲げた拍子に、

「うっ」

と、思わず声に出してしまった。

下の娘のお順が袴の着付けを手伝いながら、

「おや、どうなさったのです」

と、追及してきた。

歳のわりに、妙に勘《かん》の鋭いところがある。

「いや、なんでもない」

「お父さまも、お歳ですね」

なんとも小憎《こにく》らしいことを言った。

腹立たしいが、娘を張り飛ばすわけにもいかない。

「余計なことを言ってないで、早く羽織を用意しろ」

と、父親の権威で命じてやった。

女房のお信は目まいがするとか言って、朝から寝ていた。姉娘のおはなは母親のそばに机を置き、黙々《もくもく》と習字をしている。下男の爺《じじ》ぃは台所の板敷きに背中を丸めて座り、男の癖《くせ》に縫い物をしていた。下女の婆さんはやはり台所で糠味噌《ぬかみそ》をかきまわしている。なんとも陰気だ。

お順が簞笥から羽織を出してきた。

「どれにしましょうか」

「絽《ろ》にしよう」

「絽の羽織はいくつかありますが」

「黒絽にしよう」

以前、羽振りがよかったころにずいぶん買い込んだから、衣装はけっこう持っている。

越後縮の帷子に精好平《せいごうひら》の袴、黒絽の羽織といういでたちとなった。袴は久しぶりだ。いったん着流しに慣れると、袴はうっとうしい。第一、小便のときに不便で仕方がないが、初瀬の指示だからやむを得なかった。

腰には両刀を差す。大刀は無銘《むめい》だが、重くて刃の分厚い、無骨で頑丈《がんじょう》な刀をえらんだ。実戦には頑丈な刀が一番である。

かつて喧嘩で刃と刃を撃ち合ったときに刀身が折れ、危うく斬り殺されそうになった苦い経験がある。その後は刀剣の目利《めきき》を学び、売買を商売にしてきた。

また、二十八歳のときには首斬り役の山田浅右衛門《やまだあさえもん》に弟子入りして、小塚原《こづかっぱら》の刑場でしばしば刑死体の試し斬りをした。そんなわけで、俺は刀の鑑定には自信がある。

世間には、「何の何兵衛が鍛えし名刀」などといって自慢し、家宝にしている人間がいるが、愚《ぐ》の骨頂《こっちょう》であろう。

刀はあくまで武器だ。斬り合いに用いれば往々にして曲がるし、折れる。少なくとも、刃こぼれする。家宝として秘蔵し、後生《ごしょう》大事にしているからこそ、いつまでも美しい名刀なのだ。名刀をながめて賛嘆しているのは、骨董《こっとう》の茶器を愛《め》でているのと変わるまいよ。

「ちょいと、出てくるぞ」

と言い捨て、家を出る。

行き先も告げずにふらっと出て行き、場合によっては二、三日帰ってこないのはいつものことである。女房も娘も慣れているから、行き先も、帰宅がいつになるのかも尋ねようとしない。糸の切れた凧《たこ》と思っているのであろう。まあ、柄の抜けた肥柄杓よりはましだ。

入江町の河岸場に出向くと、数艘《すうそう》の屋根舟が停泊していた。

そのうちの一艘を、久兵衛が指差した。

「あれでございます。初瀬さまもいらっしゃいます」

桟橋を伝い、俺は教えられた屋根舟に乗り込んだ。

舟の中央に、四畳ほどの座敷がもうけてある。まわりには簾《すだれ》がおろされていた。

座敷には初瀬のほかに、先日、渓声庵にいたのとは別な若い武士と、二十歳前後の女がいた。

武士は一礼し、

「一橋家の家臣、原田主税《はらだちから》でござる」

と、名乗った。

打裂羽織《ぶっさき》に小倉の袴というでたちだった。いかにも生真面目そうである。顔にはまだ、少年のような幼さが残っていた。

女は髪を文金高島田に結い、矢飛白模様《やがすり》の振袖を着て、丸帯を胸高に締めていた。武家屋敷の奥女中であるとすぐにわかる。

丁重《ていちょう》に両手をつき、

「一橋家にご奉公する、八千代《やちよ》でございます」

と、挨拶をした。

初瀬が言った。

「加藤助左衛門どのはけさほど、十万坪に出かけました。いよいよです」

「抱月院はそのいでたちを見れば一目瞭然でしょうが、拙者は加藤どのの顔を知りませぬ」

「そのために、こちらのふたりを呼んだのです。一橋家のお上《かみ》屋敷は一橋御門内にあり、加藤どのはそこに住んでいます。こちらのふたりは、小石川のお下屋敷に住んでおります。ふたりは加藤どのを見知っておりますが、加藤どのはふたりを覚えてはおりますまい」

「なるほど。おふたりに首実検《くびじっけん》をしてもらうわけですな」

俺も納得した。

加藤くらいの重臣ともなると、下屋敷に住む下級の家臣や女中など歯牙《しが》にもかけていないということだった。ひとりひとりの顔など覚えてはいないのだ。逆に下の者は、一度遠くからながめただけでも重臣の顔は忘れない。

「おい、出してくれ」

原田が船頭に命じた。

屋根舟が桟橋を離れた。

＊

舟は横川をまっすぐ南にくだっていく。

舟で行けば、入江町から十万坪までなんてことはない距離だ。

簾越しに川面の風景をながめていた初瀬が、視線をこちらに向けた。

「まず、祈禱所の模様をお伝えしておきましょう。原田どの、お願いします」

「はい。では、みどもから」

原田が絵図面を取り出した。

畳の上に絵図面を広げ、説明していく。

「これまで祈禱所に行ったことのある者や、ひそかに様子をうかがってきた者から聞き取り、図に描いたものです。細部におよぶまで正確とはいいがたいのですが、おおよそのところはこの通りといってよろしいでしょう。

俗に十万坪と呼ばれるこの広い土地には、百姓家が合わせて五十戸ほど点在しているだけで、茫漠《ぼうばく》としております。いちおう一橋家の抱《かかえ》屋敷がありますが、数名の留守番を置いているだけで、武家屋敷の体《てい》を成しておりません。

祈禱所はこのあたりです。十万坪のど真ん中というわけではなく、かなり横川に近い場所です。そうでないと、なにかと不便だからでしょうな。横川に面した河岸場で舟をおり、あとは田んぼ道を歩いていくことになります。

祈禱所は、もとはかなりの豪農の屋敷でした。手を加えて祈禱所に造り直し、抱月院を住まわせたのです。もとの百姓家だったときには塀《へい》などはありませんでしたが、いまは敷地の周囲を板塀で囲っておりますし、塀には忍返《しのびがえし》が植えられております。

茅葺きの平屋で、式台付きの玄関があります。本来は玄関からあがると次の間で、その奥が奥の間となっていたようですが、いまはぶち抜きの部屋にして不動明王《ふどうみょうおう》を祀《まつ》り、護摩壇《ごまだん》もうけられております。

玄関の右手に大戸があり、大戸からなかにはいると広い土間になっています。土間には竈《かまど》があり、台所ももうけられています。土間の右手奥が風呂場のようですな。土間から左にあがると板敷きの座敷で、囲炉裏があります。この板敷きの座敷は、さきほどの不動明王を祀った部屋に続いていますが、普段《ふだん》は杉板戸で仕切られております。

板敷きの奥が納戸で、その外側が縁座敷、さらに濡縁がめぐっており、左のほうに行くと便所です。濡縁を右に進むと奉公人の部屋があり、その途中で渡り廊下につながっています。渡り廊下は宿坊《しゅくぼう》に続いています。残念ながら、宿坊の内部はよくわかりません。窓がほとんどない建物です。宿坊と称していますが、ここで淫らな行為がおこなわれているのは間違いありますまい」

「なるほど、ほぼわかりましたぞ」

頭のなかに絵図面を刻み込む。

これで、祈禱所の大まかな配置はわかった。

気がかりなのは、人の配置だ。

「抱月院のほかに、住んでいるのは」

「数人の下男や下女のほか、来訪者の案内をしたり、加持祈禱の手伝いをしたりする弟子が二、三名います。そして、厄介《やっかい》な男がひとりおります。用心棒らしき男が目を光らせているのです」

「ほう、用心棒を雇っているのか」

「普段は目立たないようにしていて、ほとんど人前に姿を見せませんが、どこやらからつねに見張っているのはたしかです。以前は浅草あたりで、やくざ者が開く賭場《とば》の用心棒をしていたと男だとかいう風評があります。吉野源之丞《よしのげんのじょう》という浪人です」

「なに、吉野源之丞か」

「えっ、ご存知ですか」

「うむ、ちょいとな」

いわば、蛇《じゃ》の道は蛇《へび》であろう。

かつて浅草あたりで俺が揉め事を裁いたとき、ちらちらとその姿を見かけたことがある。旗本の身分に遠慮したのか、吉野は表立って俺に楯突《たてつ》いてくることはなかったが、内心では敵意をいだいていたに違いあるまい。

これまで、数人を闇討ちにしたという噂を聞いたことがあった。喧嘩慣れしている男だ。その剣術も折り目正しい道場剣術ではなく、闇討ち剣法であろう。それだけに、難敵といえる。

「その吉野はどうしますかな」

「斬り捨ててください」

あっさりと言ってのけたのは初瀬だった。

「そうですか。相手にとって不足はないですな」

俺は強気で言い放ったが、じつはちょっと不安を覚えていた。

もちろん、一対一なら負ける気はしないが、敵の巣窟のなかに単身で飛び込み、抱月院と加藤助左衛門を倒した上に、吉野まで倒さなければならないのだからな。

「加藤助左衛門どのの供は」

「十万坪に出かけるときは、ほとんど供はいません。若党も連れず、中間に供をさせているだけです」

原田が答えた。

祈禱所での目的が目的だけに、加藤はできるだけ目立たないようにしているのであろう。警護の若侍がいないことに、俺もややホッとした。やはり、敵の数は少ないほうがよい。

絵図面をながめながら、突入の作戦を考えた。

それなりに腹案は浮かんだが、相手があることだけに、こちらの思い通りになることはまずない。それは、これまでの経験でわかっている。実際は、出たとこ勝負になるであろうよ。

「いかがですか。もし必要とあれば、援軍を準備いたしますが」

初瀬が言った。

そばで、原田が身を固くしている。自分にお鉢がまわってくることを案じているのであろう。

「いや、ひとりのほうがよいでしょう」

「勝算がおありなのですね」

「勝算もなにも、斬って斬って、斬りまくるだけですな」

べつに、強がりでも、自暴自棄でもない。

いざ斬り合いになれば、斬り死にする覚悟を固め、一歩も引かぬ勢いでしゃにむに突き進むほうが強いし、最終的に勝つものさ。

(五)

横川と、同じく掘割の小名木川がほぼ直角に交差している。そのやや手前の河岸場に、屋根舟は接岸した。

「本来であれば、あたくしが行くべきです。また、あたくしとしても行きたいのはやまやまなのですが、顔を知られているため、残念ながら、ここにとどまらざるを得ません」

初瀬が、下屋敷から呼び寄せた八千代を代役に立てる理由を述べた。

言い訳ではあるまい。初瀬は本当に自分が行きたいのであろう。

「初瀬さま、ご心配なく。あたくしにお任せください」

と、八千代が気丈《きじょう》なところを見せた。

舟からあがると、河岸場にお忍駕籠が用意されていた。屋根や四方の板は黒塗りで、引戸には鋲《びょう》が打たれている。三方に窓があり、簾がかけられていた。

すぐに、あちこちに武士がたむろしているのに気づいた。捕物出役の役人のようだ。火事羽織に野袴で、陣笠をかぶった武士がひとりいた。腰に両刀を差し、緋房《ひぶさ》のついた小型で優雅な十手《じって》を手にしている。

数名の武士は鎖帷子《くさりかたびら》を着込み、鎖鉢巻を巻いて、籠手《こて》、脛当《すねあて》をつけていた。着物の裾をたくしあげて帯にはさみ、じんじん端折りにしている。腰には大刀だけを差し、手には長さ一尺五寸（約四十五センチ）ほどもある緋房十手を持っていた。

そのほか、紺の法被《はっぴ》に股引《ももひき》といういでたちで、六尺棒を手にした多数の男たちがひかえている。

みな、草鞋ばきだった。

いったん舟からおりた初瀬が、俺のそばに立った。

「あれは、南町奉行所の者です」

陣笠をかぶったのが与力《よりき》、じんじん端折りが同心《どうしん》、六尺棒を持ったのが小者だった。

「奉行所の役人は十万坪にみだりに踏み込めないのではありませぬか」

「一橋家の領地に立ち入ることはありません。祈禱所で騒ぎがおき、あわてふためいて逃げ出した者はいずれ、このあたりにやってくるはずです。河岸場に舟を待たせていますから。そこを、町奉行所の役人がいっせいに召し捕るわけでございます。もちろん、連行することはありません。おどしつけ、お灸《きゅう》をすえた上で、釈放するのですが」

「なるほど。この物々しさを見れば、誰しもすくみあがり、懲《こ》りるでしょうな」

俺がちらと視線を向けたが、与力も同心も目礼をするどころか、視線を合わせようともしない。

知らぬ存ぜぬの立場を守っていた。

あくまで、町奉行所とは無関係というわけだ。

「では、そろそろまいりますぞ」

原田主税がうながした。

「頼みましたよ」

初瀬がそっと八千代の肩に手をふれた。

思いつめた表情で、

「はい。もし操《みさお》を汚すようなことになれば、あたくしはいさぎよく懐剣で喉《のど》を突き、自害いたします」

と言い、八千代が唇を引き結んだ。

目の端に涙がにじんでいる。

胸元からは、懐剣の鞘がのぞいていた。

決死の覚悟というわけだが、どうも、大げさでいけない。それに、「生兵法《なまびょうほう》は大怪我の基《もと》」ともいう。

つい、「おい、おい、その歳で男も知らないまま自害するのはもったいないぜ」と、懐剣を所持するのを思いとどまらせてやりたくなった。しかし、そんなことを言えばますます女はムキになるであろう。俺は茶化したいのを我慢した。

「では、いってまいります」

八千代が初瀬に一礼し、お忍駕籠に乗りこんだ。

引戸が閉じられる。

前後ふたりずつ、合わせて四人の人足が駕籠をかつぎあげる。

原田が駕籠の前に立ち、俺があとから続く。奥女中が乗った駕籠を、ふたりの武士が警護しているというかっこうだ。

河岸場を出発した駕籠は橋を渡り、深川扇橋町《おうぎばしまち》にはいった。

深川といっても、このあたりまでくると鄙《ひな》びている。芸者の脂粉《しふん》の香りや三味線の音色なんぞとは無縁だ。横川ぞいの道に点在する商家も、ほとんどが農家と兼業のようだった。

所々に魚網が干してある。その魚網を吹き抜けた風は、生臭い魚の匂いをふくんでいた。

道端で遊んでいる子供はみな、はだしだった。キャッ、キャッと叫びながら、走りまわっている。男の子を追いかけている女の子は、背中に赤ん坊をおぶっていた。子守をしながら遊んでいるわけだ。足をもつれさせて転ぶのではなかろうかと、見ているほうがハラハラする光景だが、当人は慣れているのか、ごく平気のようだった。トン、トンと木槌《きづち》の音が響いている。表戸をあけ放った土間で、職人が桶を組み立てていた。職人はふんどし一丁の姿だった。

そばで、女房らしき女が乳房を丸出しにして、赤ん坊に乳を飲ませていた。お忍駕籠が粛々《しゅくしゅく》と進んできても、住人たちにさほど驚いた様子はない。祈禱所ができて以来、お忍駕籠が行き来するのはすでに慣れっこになっているのであろう。人家のあいだの小道を通り抜けると、途端に視界が開けた。

十万坪である。

「ほう。広いな」

思わず、俺も嘆声を発した。

本所のようなごみごみしたところに暮らしているだけに、その果てしない広さには圧倒される。この土地が、江戸市中から運ばれてきたゴミで埋め立てられたというのが、ちょっと信じられない。いかに、江戸で大量のゴミが出るかということであろう。

江戸の町々には紙屑買いや、古金買い、破れた傘を買い取る古骨買いまでがまわってくるが、要するに引き取って再生すると金になるからだ。武家屋敷や町屋の便所も百姓が競うようにして汲み取っていくが、これも下肥を農村に運んでいけば、いい稼ぎになるからにほかならない。

金にならない物は誰も引き取らないから、すべてゴミとして捨てられるというわけだ。

「まさに塵《ちり》も積もれば山となるだな」

目をあげると、高いところで一羽の鳶《とび》が悠然《ゆうぜん》と旋回していた。

田んぼ道を進む。

足音に驚き、時々、草のあいだから羽根音を立てて虫が飛び立った。ポチャンと水音がするのは、泥水に飛び込む蛙《かえる》である。

あちこちで、百姓が田んぼの泥に脛《すね》まで埋めて、草取りをしていた。やはり駕籠の一行には慣れっこになっているのか、ほとんど注意も払わない。

先頭の原田が、こちらを振り向いた。

「あれです」

行く手に、板塀に囲まれた屋敷があった。

「うむ」

と、俺はうなずき返した。

（六）

茅葺きの薬医門をくぐると、すでに数丁の駕籠が休んでいるのが見えた。かたわらに、ずらりと駕籠かき人足がしゃがみこんでいる。おたがいしゃべったり、煙管で煙草をくゆらせたりしていた。

玄関に進むと、なかから、

おんあぼきゃ、べいろしゃのう、まかぼだら、まにはんどまじんばらはら、ばりたやうん。おんあぼきゃ、べいろしゃのう、まかぼだら、まにはんどまじんばらはら、ばりたやうん……

と、光明真言《こうみょうしんごん》を繰り返し唱《とな》えているのが聞こえてきた。

腹にズンと響いてくるような太く、低い声である。

かつて俺も修行をしたから、光明真言はいまでもきちんと覚えているし、そらで唱えることもできる。知らず知らず、俺は口のなかで唱和していた。

音吐朗々《おんとろうろう》と唱えられている真言を耳にすると、なんとなく身の引き締まる気持ちになるのが妙だ。背筋がピシッと伸びるというのだろうか。

しかし、懸命に水垢離《みずごり》を取り、一心不乱に光明真言を唱えて念じても、けっきょく富籤《とみくじ》は当たらなかったけどな。

駕籠を止めたあと、原田主税が玄関に立ち、

「お頼み申す」

と、声をかけた。

ややあって、袴姿の弟子が応対に出てきた。

十代の後半であろう。頭は剃髪《ていはつ》し、どことなく高慢《こうまん》そうな顔をしていた。

「どちらから、まいられましたか」

「ちと仔細《しさい》があり、主家の名は申せぬのだが、加持祈禱をお願いしたき儀《ぎ》がござってな」

「どのようなご祈願でございますか」

「男子の出生でござる」

「その場合、加持祈禱はご本人か、代参のお女中にかぎらせていただいておりますが」

「心得ておる。駕籠のなかに、代参の者がおる」

「さようでございますか。承知いたしました。ちょうど、抱月院さまは護摩行をおこ

なっております。さっそく、代参のお女中にはいっていただきましょうか。後ろに座って、祈願を念じながら手を合わせていただくのがよろしいでしょう。個別の加持祈禱については、あとで抱月院さまが直々《じきじき》に事情をお尋ねになり、期日をお決めになります」

弟子はとくに不審をいだいた様子はない。

大名家などでは外聞をはばかり、家名を明らかにしないで加持祈禱を頼むため、匿《とく》名《めい》の依頼は珍しくないのであろう。

俺はそばに立ち、さりげなくなかの様子をうかがった。

数人の奥女中らしき女の背中が見えた。みな、正座して両手を合わせている。

その向こうに、行者らしき男の肩までたれた髪が見えた。白無垢《むく》の着物を着ている。

抱月院であろう。

香の強い匂いがただよってくる。

護摩壇がもうけられ、護摩炉から真っ赤な炎があがっていた。時々、パチパチという音を発して、炎が高く噴きあがる。その勢いは、天井から吊りさげられた金色に輝く天蓋《てんがい》を焦《こ》がさんばかりだった。

あちこちに蠟燭《ろうそく》がともされていたが、窓はいっさいないため、部屋のなかには香の煙がこもり、薄暗い。すべては、護摩の揺れる炎にあわく照らし出されていた。

抱月院の正面に、右手に降魔《ごうま》の利剣、左手に羂索《けんさく》を持った不動明王の像があった。カッと大きく見開いた目は護摩の紅蓮《ぐれん》の炎を反映し、憤怒《ふんぬ》に燃えているかのようだ。そばには、制吒迦童子《せいたかどうじ》と矜羯羅童子《こんがらどうじ》の像もあった。

目を凝《こ》らし、

「髑髏《どくろ》はどこだ」

と、内心でつぶやいた。

俺がもっとも興味があるのは、和合水を塗りたくった髑髏である。さすがに、髑髏は見えなかった。薄暗いために判然としないのか、別な場所に安置されているのか。

部屋の壁には、胎蔵界曼荼羅《まんだら》と金剛界曼荼羅がかかげられていた。胎蔵界曼荼羅は大日如来《だいにちにょらい》の理を表わし、金剛界曼荼羅はその理にいたるまでの智を示している。

初瀬が言及した立川流敷曼荼羅らしきものはなかった。

髑髏や立川流敷曼荼羅は宿坊に祀られているのかもしれない。それはそうであろう。来訪者のすぐ目につく場所に置かれているはずはなかった。

護摩壇がもうけられた部屋を仔細にながめながら、俺は金剛界曼荼羅か胎蔵界曼荼羅のどちらかが隠し戸になっているに違いないとにらんだ。絵図面を思い浮かべ、考える。隠し戸から縁座敷に抜け出したあと、濡縁を伝い、

俺はちょっと身震《みぶる》いした。

まさに鬼気迫るといおうか。圧倒的な迫力だった。ひざまずいて、すべてをゆだねたくなってくるような魔力があった。

噴きあがる護摩の赤い炎を見つめながら、その熱を頬に受け、濃厚な香の香りに全身を包まれ、さらに体の内部まで共鳴させるような真言を聞いていたら、一種の陶酔《とうすい》境《きょう》にさそわれるのではあるまいか。忘我《ぼうが》の境地に引き込まれていくかもしれない。

なんとなく、世間知らずの奥女中が抱月院に誑《たぶら》かされた理由がわかる気がした。

「では、こちらへ」

別な弟子が、俺と原田を大戸のほうに案内した。

明り採りのため、大戸はあけ放たれていた。敷居をまたいではいると、なかは広い土間だった。農家のときは、この土間に筵《むしろ》を敷いて男や女が集まり、縄ないや草鞋作りなどの夜なべ仕事をおこなっていたのであろう。

土間の奥の台所では、下女が立ち働いていた。

竈の上の大鍋からは、醤油で野菜を煮込む匂いがただよっている。行者の家だけに食事は精進なのかなと思ったが、土間の片隅に置かれた盥《たらい》に、数匹の大きな魚がのっている。笊《ざる》には玉子ものっている。

精進料理を通しているというわけでもないようだ。まあ、そうだろうな。女を惑溺《わくでき》渡り廊下を通って、宿坊に行くのであろうと推《お》し量《はか》った。

「では、おはいりください。お供のかたは、別室にてお待ち願うことになります」

弟子がもったいぶった口ぶりで指示をした。

原田にうながされ、八千代が駕籠から出た。

玄関の前に立ち、ちらと原田と俺のほうをかえりみた。目にはかすかな不安の色がある。

それでも、

「では、後ほど」

と、こちらに軽く一礼し、臆《おく》することなく、ひとりでなかにはいっていった。

初瀬が見込んだだけに、なかなか度胸《どきょう》がある。

なうまくさんまんたばざらだん、せんだまかろしやた、そはたやうんたらかんまん。なうまくさんまんたばざらだん、せんだまかろしやた、そはたやうんたらかんまん……

一転して、抱月院が不動明王の真言を唱え始めた。体の奥底から絞り出すような声で、調子も激しい。長い髪を振り乱し、汗を散らしながら懸命に唱えている。

させるとなれば、精進料理ではとても体が続くまいよ。

「おあがりください」

と、弟子がうながす。

俺と原田は土間に履物を脱ぎ、板敷きの部屋にあがった。

すでに、数名の男がいたが、それぞれあいだを置いて座り、ことばをかけ合うでもない。みな、こういう場所で対面するのはバツが悪いのであろう。不機嫌そうに黙って煙管で煙草をくゆらせたり、目をつぶって腕組みをしたりして、お互いにそっぽを向いていた。

部屋の隅に、ずらりと仏像が並んでいた。それぞれ、観世音菩薩《かんぜおんぼさつ》とか虚空蔵菩薩《こくうぞう》とかいうのであろう。

いっぽうの片隅には、膳《ぜん》が積み重ねられていた。その横には、漆塗《うるし》りの大きな盃も重ねられている。

板敷きのやや土間よりに囲炉裏《いろり》があり、炭火が熾《お》きていた。自在鉤《じざいかぎ》で吊るされた鉄瓶《てつびん》は白い湯気をあげている。

鉄瓶をおろし、弟子は茶を入れて出したあと、

「ここで、お待ちください」

と、一礼して姿を消した。

のうまくさんまんだぼだなんばく。

おんあらはしゃなう。

おんさんまやさとばん。


板戸越しに、抱月院が唱える真言が伝わってくる。

（七）

茶を飲みながら、さりげなく様子をうかがった。

ひとりの男がさきほどから、チラチラとこちらに視線を放っていた。

「あの紺無地の法被を着ている男に見覚えがあります。一橋家のお上屋敷の中間です」

原田主税が耳元でささやいた。

これで、男がこちらをうかがっていた理由がわかった。

男のほうでも原田に見覚えがあるのであろう。一橋家の家紋が染め抜かれた看板法被を着ていないのは、家名を隠すために違いない。

俺もささやき返す。

「すると、加藤助左衛門どのの供か」

「はい、間違いありません」

「ところが、本人はここにいない。ということは、いま宿坊でお楽しみの真っ最中ということかな」

「そうかもしれません」

「用心棒の吉野源之丞はどこか」

「見当たりません」

「姿をひそめているのかな」

俺はしばし迷った。

どうすべきか。

じっと待ったからといって、好機が訪れるわけでもなかろう。となれば、こちらから仕掛けるべきだ。

こういうときは、突飛《とっぴ》な行動で敵の意表を突くのがよい。

「うーん、小便がしたくなったな」

「えっ」

原田が露骨に眉をひそめた。こんなときに小便なんぞと、腹立たしそうである。

相手の膝をつつき、

「出物腫物《でものはれもの》所きらわず、と言ってな。仕方があるまい。貴殿も付き合え。連れ小便といこう」

と、目配せした。

ようやく、原田も俺の意図に気づいて、

「そうですな。みどもも、さきほどから小便がしたかったところです」

と、とってつけたように調子を合わせた。

そろって立ちあがる。

台所の下女に、俺が声をかけた。

「おい、雪隠《せっちん》はどこか」

「へい、あちらでございます」

下女が指差しながら、いったん濡縁に出て、左に行くように説明した。

ふたりとも便所に行くのに大刀を持ったままなのだが、下女はとくに不審《ふしん》をいだいた様子はなかった。ふたたび、台所仕事に没頭している。

俺がさきに立ち、板敷きの部屋から納戸、縁座敷を経て、濡縁に出た。

あたりを見まわしたが、とくに人がひそんでいる気配はなかった。

下腹に力を入れ、

「さあ、行くぞ」

と気合いを入れた途端、さきほど耳にした不動明王真言が不意に脳裏《のうり》によみがえってきた。

そもそも不動明王は忿怒尊《ふんぬそん》で、悪魔を撃滅するのが役目だ。護摩を焚いて祈れば怨敵調伏《おんてきちょうぶく》、勝負必勝に霊験《れいげん》あらたかとされている。まさに、ぴったりではないか。

その場で、俺は右手の人差指と中指をまっすぐにのばし、ほかの指は握り締めて刀印《とういん》を作った。

裂帛《れっぱく》の気合を込め、

「臨《りん》、兵《びょう》、闘《とう》、者《しゃ》、皆《かい》、陣《ちん》、烈《れつ》、在《ざい》、前《ぜん》」

と、九字《くじ》を叫びながら刀印で空間を縦、横に切った。

続いて、腰の大刀をスラリと抜き放った。

「降魔の利剣じゃ」

刀を右手に持ち、全身全霊で唱える。

「なうまくさんまんたばざらだん、せんだまかろしやた、そはたやうんたらかんまん」

不動明王真言を唱えていると、自分が不動明王の化身《けしん》になったような気がしてきた。

全身の血が熱くたぎり、体の隅々《すみずみ》にまで力がみなぎってくる。さきほどの筋肉痛もいまでは消えていた。この勢いでいけば五人でも十人でも、片っ端から撫斬《なでぎり》にできそうだ。

かたわらの原田が、

「い、いったい、ど、どうしたのです」

と、驚愕《きょうがく》で口をポカンとあけていた。

その目には、気味悪そうな色がある。

気でも狂ったのかと疑っているに違いないが、密教の秘儀を説明するのは面倒だ。

大音声で真言を唱えながら、ズカズカと渡り廊下を進む。あとから、おたおたと原田がついてきた。

＊

宿坊は杉板戸で仕切られていた。

俺は刀を両手で低く構え、飛び込む態勢をとった。

「おい、戸をあけてくれ」

「は、はい」

おずおずと、原田が戸に手をかける。

　そのとき、背後に殺気《さっき》を感じた。殺気を説明するのはむずかしい。やはり、これまでの数々の喧嘩で養われた勘《かん》であろうな。

　振り返った途端、相手がいきなり斬り込んできた。

　俺はすでに抜刀していたため、かろうじて刀で受け止めることができた。

　キーンと金属音が発した。

　刃と刃が激突して発する、独特の音色だ。全身に鳥肌が立つのを覚えた。

　背後から斬りつけてきたのは吉野源之丞だった。

　それにしても、もし抜刀していなかったら、狭い場所だけに身を避けることもできず、朱《あけ》に染まって倒れていたろう。危ういところだった。

　かといって、「後ろからとは卑怯《ひきよう》であろう」などと吉野を非難するつもりはさらさらない。喧嘩とはしょせん、そんなものだ。油断したほうが負けさ。

　相手がそのまま力で押し込んでこようとするところ、刀身をねじって勢いをそらした。

「わわっ」

　原田は突発事態に動転《どうてん》して、板戸に背中を押し付けて難を避けている。

　俺としてはそのほうがありがたかった。なまじ助太刀しようとしてしゃしゃり出られると、かえって邪魔になるからな。

吉野は背後からの不意討ちに失敗し、

「うむう」

と、歯を剝《む》き出してうなった。

丸顔で、ぎょろりとした目をしている。背丈はさほどでもないが、かなりの肥満体だった。

後ろから近づいてくる足音はまったくしなかった。太っているわりには、動作は敏《びん》捷《しょう》なようだ。

いったん刀を引き、八双《はっそう》に構え直しながら吉野が詰問《きつもん》した。

「何をしておる」

「きさまか。物も言わずに後ろから斬りつけておいて、いまさら何をしておるはなかろうよ」

俺も八双に構えながら、すばやく目測した。

へたに刀を振りまわすと、渡り廊下の低い天井や柱にはばまれてしまう。

吉野がじりじりと間合いをつめてくる。

「浅草あたりでは偉《えら》そうにしておったが、ここでは、勝手な真似はさせんぞ」

「ほう。浅草で食い詰め、十万坪に流れてきたか」

言い返しながら、俺は刀を八双から中段に構え直し、そのまま突きを入れた。

その思いがけない突きに、吉野が刀身で払おうとする。グイと間合いをつめながら、続けざまに突きを入れて、相手の態勢を崩した。いったんは不意討ちを食らったが、その後は先手、先手を取ることで、俺が主導権を奪い返した。もう、あとはこっちのものだ。

「ほれ、どうした。そのどてっ腹に穴をあけてやるぞ」

「うぉー」

形勢を逆転しようと、吉野が猛然と袈裟懸《けさが》けに斬り込んでこようとした。逆上しているため、周囲に注意が向いていない。ガシッと、剣先が柱にはばまれた。狼狽《ろうばい》して、柱に食い込んだ刀身をはずそうとする。

すかさず、俺が袈裟懸けに斬った。天井や柱に剣先が引っかからないよう、大きく振りかぶっていないから、さほど力もこもっていない。左の肩口から右の胸にかけて斜めに着物が裂け、鮮血が散ったが、深い傷ではなかった。

吉野は負傷をものともせず、

「なんのこれしき」

と、憤怒のうなり声を発した。

ようやくはずれた刀で、今度は突きにくる。相討ち覚悟の捨て身の突きだ。なかなかしぶとい。

俺は刀を下段に構える。相手の突きをかわしておいてから、腹部を斬りあげた。

奔流《ほんりゅう》のように鮮血がほとばしった。

吉野の体がぐらりと揺れる。うめきながら、その肥満体が渡り廊下から地面にドサリと落ちた。

横たわって「ううう」とうめいていたが、もう意識も薄れているようだ。裂けた腹部から、腸がはみ出していた。

「お、お見事」

原田が無理をした。

その声はうわずっている。

真っ青になった頬に、吉野の体から飛び散った返り血がポツンと赤い点になっていた。

「そんなことより、早く戸をあけてくれ」

「は、はい。あけますぞ」

わなわなとふるえる指で、原田が杉板戸を開いた。

身構え、なかの気配をうかがう。

シンとしている。

拍子抜けした。

こんなはずではない。なにか、違う。

「おい、変だぞ」

いちおう用心を怠《おこた》らず、原田をうながしてなかに足を踏み入れた。

薄暗い。

かなり高いところに窓があった。

目が慣れるとともに、畳敷きの部屋の様子が見て取れた。

無人だった。

片隅に、布団と夜着がたたんで積み重ねられている。上には、枕が置かれていた。

そばに行灯と火打箱、屏風があった。煙草盆もひとまとめにして置かれている。

まさに、宿坊である。

肝心の髑髏もなかったし、立川流敷曼荼羅も見あたらない。

「どういうことだ。絡《から》み合う男と女なんぞ、どこにもいないぞ。加藤どのらしき男の姿もないではないか」

「そうですな。しかし、ここのはず」

部屋のなかを見まわしながら、原田も呆然《ぼうぜん》としていた。

「隠し部屋があるのかもしれぬな」

俺は壁のあちこちを拳《こぶし》でたたいた。

どこかに、隠し扉があるのではあるまいかと思ったのだ。

もしかしたら、地下に通じる抜け道があるのかもしれない。足であちこちを踏み鳴らした。

原田も足の裏で床をドンと踏んだり、壁をたたいたりして調べている。

どこにも、ほかと反響が異なる場所はなかった。

だんだん、腹が立ってきた。

「いったい、どういうことか」

「みどもにも、いっこうにわかりませぬ」

「おい、祈禱所で淫らな行為がおこなわれているなど、そもそも嘘っぱちだったのではないのか」

「いえ、たしかな内偵《ないてい》にもとづいております。けっして、嘘っぱちなどということはございません。みどもも、途方《とほう》に暮れているようなわけでして」

追及され、原田はおろおろしていた。

とぼけているようには見えない。本当にわけがわからないようだ。

そんな原田を見つめながら、急に疑念が生じてきた。

まさか、俺も原田もまんまと一杯食わされたのではあるまいか。

手駒《てごま》として、初瀬に利用されたのかもしれない。背後には、俺の想像を絶するような大がかりな謀略があるのではあるまいか。

（八）

「何事ですか」

騒ぎを聞きつけ、抱月院の弟子や下男らしき数人が様子をたしかめに出てきたようだ。

地面に血まみれで倒れている吉野源之丞を発見して、

「これは、いったい」

「わっ、大変だ」

「斬られているぞ」

と、驚き騒いでいる。

やおら宿坊から、俺と原田主税が出て行った。

騒いでいた男たちは、血刀をさげている俺を見て、

「わわわ、人殺しぃー」

と悲鳴をあげ、われがちに逃げ出した。

「どうしますか。このままでは」

あせって、原田がせかした。

俺は無言のまま突っ立っていた。

頭のなかがモヤモヤしていた。くすぐったいような、かゆいような、居心地の悪さだった。隔靴掻痒《かっかそうよう》とでもいうのだろうか。なにか、大事なことを忘れているようで落ち着かない。

原田は、俺が不信感をいだいていると解釈して、

「加藤助左衛門どのは、必ずどこかに隠れているはずです。どこかに、隠し部屋があるはずです」

と、泣きそうな顔になっていた。

「待てよ……」

そのとき、頭にひらめいたものがある。

さきほど見た、壁にかかげられた金剛界曼荼羅と胎蔵界曼荼羅だ。そのときは、曼荼羅の背後に隠し扉があり、宿坊に通じているとにらんだ。

もしかしたら、曼荼羅の後ろに、肝心の隠し部屋があるのではなかろうか。

考えてみると、そのほうが理にかなっている。護摩行で意識の朦朧《もうろう》とした女を連れ込むには、隠し部屋は近いほうがよいからな。わざわざ宿坊まで引っ張って行けば人

目にもつく。

やはり、曼荼羅の背後に違いない。

「そうだ。あそこだ」

「えっ、どうしました」

「加藤どのがいる場所がわかったぞ。急げ」

血刀を引っさげ、俺が走り出す。

あとに続こうとした原田が廊下にたれていた血糊《ちのり》に足をすべらせ、すてんと転んで尻餅をついた。廊下がドーンと反響した。

起きあがるのを待ってはいられないから、俺はひとりで、さきほどの板敷きの部屋に走りこんだ。

「きゃー、助けてー」

下女が悲鳴をあげて逃げ惑う。

ひかえていた供の男たちも、みな逃げ腰になっていた。

「どけ、どけー」

刀を振りまわして、追い散らす。

そこに、ようやく原田が追いついてきた。

「どういうことですか」

「説明はあとだ。おい、戸をあけてくれ」

原田に命じ、俺は境の板戸の前に立って身構える。

「あけますぞ」

両手をかけ、原田が一気に戸を開いた。

たちまち、こもっていた香の煙が流れ込んでくる。

護摩炉では炎があがっていたが、抱月院はいなかった。

混乱の極といえよう。あちこちに金剛杵《こんごうしょ》、鈴《れい》、輪《りん》などの法具が散乱している。

さきほどまで座って合掌していた数名の奥女中たちはみな立ちあがり、右往左往していた。狼狽しきって、口々に供の名を呼んでいる。

そのなかに、八千代の姿はなかった。

抱月院は俺と原田が不穏《ふおん》な動きをしているのを知らされるや、いちはやく八千代を拉致《らち》したようだ。

「さあ、どけ、どけ、怪我をするぞ」

まずは、奥女中たちを追い出す。

金剛界曼荼羅を左手で押した。壁はびくともしない。

「何をしておるのです」

そばで、原田が言った。

俺もあせっている。

「うるさい」

つぎに、胎蔵界曼荼羅を押した。

壁が反転した。思った通りだった。

すかさず、なかに飛び込む。刀を構え、すばやく様子を見て取った。

広さは十三畳くらいだろうか。板敷きの床には毛氈《もうせん》が敷き詰められている。

立川流敷曼荼羅があった。初瀬が言っていたように、男女が交合している図が描かれていた。ともに両脚を大きく開き、両手を高くかかげながら交わるという、奇妙奇《き》天烈《てれつ》な体位である。

大日如来の像が祀られていた。その前に白木の台が据えられ、紫の布が敷かれている。布の上に、髑髏が置かれていた。

「助けて」

と、女が悲痛な声で救いを求めた。

ふたりの男が八千代を押さえ込んでいた。

ほとんど着物をひん剝《む》かれ、八千代の白い太股まであらわになっていた。足元に、懐剣が落ちている。

やはり、懐剣など役に立たなかった。というより、懐剣をひらめかせたのは、男の怒りに対して火に油をそそいだようなものであろうよ。

男のひとりは長い髪をたらしていた。抱月院である。

俺はやや意外な気がした。役者と見まがうような優男《やさおとこ》を想像していたのだ。

抱月院は三十代のなかばくらいであろう。頬のこけた、貧相といってよいほどの容貌だった。目尻がさがっており、どことなく人がよさそうにすら見える。

この男が奥女中を誑《たぶら》かせ、性に惑溺《わくでき》させていたとはとても信じがたい。しかし、そんなものかもしれぬ。吉原で女郎にもてる男にしても、必ずしも色男ではないからな。

もうひとりは四十歳くらいであろうか。鼻筋の通った、眉目秀麗《びもくしゅうれい》と形容してもよいほどの顔立ちだったが、着物も袴も脱ぎ捨て、長襦袢だけというかっこうだった。

そばで、やはり長襦袢だけというあられもない姿で、女がふるえていた。どこやらの奥女中であろう。

加藤と女が濡れ場を演じているところに、危機感をいだいた抱月院が八千代を強引に連れ込んだというところだろうか。八千代が抵抗するので、男ふたりで押さえつけていたのだ。

思いがけない事態に、みな恐慌《きょうこう》状態だった。

「加藤助左衛門どのです」

原田が、長襦袢の男を指差した。

動転しながらも、加藤が威厳を示した。

「何者か。ひかえおれ」

「降魔の利剣じゃ。覚悟せよ」

いったんは刀をふりかぶったが、俺はためらった。

やはり、丸腰の男を斬るのは抵抗がある。丸腰どころか、長襦袢だけという無防備な姿だからな。

「よ、よせ。あわわわわ」

加藤が横っ飛びに部屋の片隅に走った。

かがんで、刀架《かたなかけ》の大刀を手に取った。抜き放ちながら、立ちあがろうとする。

相手が武器を手にした。

もうこれで、俺としてはためらうことはない。

「なうまくさんまんたばざらだん、せんだまかろしやた、そはたやうんたらかんまん」

不動明王真言を唱えながら、刀を振りおろした。

首を一刀両断にするつもりだったが、生身の動いている人間だけに、土壇の上に横たわる試し斬りの屍体《したい》を切断するようなわけにはいかなかった。

それでも、首をスパリと切断こそできなかったが、剣先が首筋を斬り裂いた。

ピューッと鮮血が噴き出した。まるで、真っ赤な花火が炸裂《さくれつ》したかのようだった。断末魔《だんまつま》の悲鳴をあげることもなく、加藤の体がその場にドサッと突っ伏した。即死であろう。

背後で、「ギャッ」と絶叫があがった。

見ると、抱月院がうつ伏せに倒れて、苦悶《くもん》していた。着物の背中が裂けている。白無垢の着物が真っ赤に染まっていた。

そばで、原田が血刀をさげて立ちすくんでいる。

「斬ったのか」

「逃げようとしたので、思わず」

かすれた声で言い、原田は歯をカチカチと鳴らせた。

歯の根が合わないのだ。

全身が瘧《おこり》のようにふるえている。

生まれて初めて人前で刀を抜き、しかも人間を斬殺したのだ。無理もなかった。

「うむ、よくやった」

と、俺はほめてやった。

考えてみると、俺が抱月院を斬るより、一橋家の家臣が成敗したほうがよい。原田の手柄にもなろう。

そのとき、女が叫んだ。

「初瀬さま、お許しください」

振り返ると、八千代が懐剣で自分の喉を突こうとしている。

俺もあわてた。

飛びかかり、手首をねじりあげて懐剣を落とした。

「馬鹿、なにをするか」

「死なせてください。恥ずかしい姿を人に見られてしまいました。もう、死ぬしかございません」

「おい、いきり立ったへのこを股座《またぐら》にぶち込まれたわけではあるめえよ。ただ素肌を人目にさらしただけじゃねえか。べつに貞操《ていそう》を汚したわけではねえぞ。

素っ裸で行水《ぎょうずい》をしているところや、けつをまくって小便しているところをチラと人に見られたのと変わるめえよ。行水や小便のたびに死んでいたんじゃあ、命がいくつあっても足りねえぜ」

ポカンと口をあけ、八千代は唖然《あぜん》としている。

俺のあまりに下品な言辞と論法に、毒気を抜かれたのかもしれないな。冷や水をあびせかけられ、興奮がさめたといおうか。

まあ、おかげで死ぬ気は失せたろうよ。

＊

「この煙は」

原田が切迫《せっぱく》した声をあげた。

ハッとして見ると、祈禱所のほうから白い煙がただよってくる。

焦《こ》げ臭い匂いもする。

あわてて、隠し戸から祈禱所のほうをたしかめた。

部屋は炎に包まれていた。混乱のなかで、ともされていた蠟燭《ろうそく》が倒れたに違いない。

「いかん」

背筋が冷えた。

隠し部屋には窓がない。出入りするのは隠し戸しかなかった。

「おい、早く逃げないと、焼け死ぬぞ。貴殿は女を助け出せ。早く行け」

「はい。早く」

原田は刀を鞘に収めると、左右の手で八千代と、長襦袢だけの女の手を取った。

長襦袢だけの女は、

「着物が、着物が」

と、泣きそうな声であらがった。

長襦袢だけの姿では外には出られないというのであろう。

「馬鹿、そんなことを言っている場合か。早く行け。焼け死にたいのか」

その横っ面を、平手で張り飛ばしてやった。

女もようやく正気に戻ったようだ。おとなしく原田に従った。

三人を追いたてたあと、ふたたび九字を切り、

「おんあびらうんけんばさらさとばん」

と、大日如来真言を唱えた。

大日如来像の前に進む。

木の台から、紫の布ごと髑髏を取りあげた。そのまま布にくるむと、ふところに押し込む。

女が脱ぎ捨てたらしき着物が目についたから、ついでにひとまとめにして手に持った。

「さあ、脱出だ」

と、自分で自分をはげます。

「助けてくれ、助けてくれ」

足元で、抱月院が苦しげに懇願《こんがん》した。

ちょっと不憫《ふびん》を感じたが、この傷ではどうせ助かるまい。

「てめえは、不動明王の忿怒《ふんぬ》の大火焔《かえん》に焼き滅ぼされるがよい」

言い放ったあと、隠し戸から飛び出す。

いまや、不動明王像にまで炎がおよんでいた。

熱風が吹き付けてくる。

俺は隠居して以来、頭は総髪にしているが、その髪の毛がチリチリと焦《こ》げた。

思わずひるむが、ここで立ち止まっては焼け死ぬしかない。手にした女物の着物を頭からかぶり、炎のなかを駆け抜けた。

背後で、ドーンと音がした。

天蓋《てんがい》が落ちたようだ。

玄関から外に飛び出した。

その直後、ゴーッという音を立て、真っ赤な炎が吹きあがる。茅葺の屋根に火が移ったのだ。

「ふーっ、危ないところだったぜ」

さすがに、俺も安堵のため息を漏らした。

やや離れた場所で、原田と女ふたりが放心状態で炎に包まれた祈禱所をながめていた。

あたりを見まわしたが、誰もいない。

騒ぎがおき、続いて建物から火の手があがったのを見て、加持祈禱に来ていた奥女中と供、祈禱所の奉公人や抱月院の弟子たちはみな逃げ出してしまったのであろう。

近寄り、着物を女に渡した。

「あちこちに、焼け焦げがあるかもしれぬがな。長襦袢一枚よりはましだろうぜ」

女は無言で着物を受け取った。そのまま、へなへなとその場にしゃがみこんでしまった。

「しっかり、なさいませ」

八千代が世話を焼き、着物の着付けを手伝い始めた。

同じ奥女中同士、相身互《あいみたがい》ということであろう。

「火を出してしまいました」

原田は悲痛な表情だった。

責任を問われることを案じているようだ。

俺はなぐさめてやった。

「気にすることはない。きれいさっぱり焼けてしまい、すっきりしたぜ」

江戸市中で火事を出したわけではないからな。

周囲は田んぼと野っ原だ。ほかに燃え移る心配もない。祈禱所の建物はきれいに焼け落ち、加藤助左衛門、抱月院、吉野源之丞の死体も灰になってしまうであろうよ。ついでに火葬してやったというわけだ。いまや、火の勢いはすさまじい。ゴー、ゴーと音を立て、炎を天に高く吹きあげている。

「外に出よう。火の粉でやけどしそうだ」

三人をうながし、門から外に出た。

やや離れた草むらで、二丁の駕籠と人足が待っていた。ひとつは、八千代を乗せてきた駕籠だった。もうひとつの駕籠のそばにいた中間が、駆け寄ってきた。

「明石《あかし》さま、ご無事でしたか」

その途端、女がワッと泣き伏した。

緊張の糸がプツンと切れたようだった。

ともあれ、名は明石ということがわかった。二十歳そこそこであろう。髪は乱れ、顔も煤《すす》や灰で汚れていたが、きちんと化粧をすればなかなかの美人に違いなかった。

まずは抱月院に誘惑され、その後は隠し部屋で加藤と淫楽にふけっていたわけだ。髑髏に和合水を何度塗りつけたのだろうか。

原田が俺のほうを見た。明石の処置をどうするかと、目で尋ねている。

「なにも聞かずに、このまま帰してやろう」

黙って、駕籠に乗せてやることにした。

どうせ、河岸場で町奉行所の役人にとどめられ、尋問《じんもん》されるであろう。

その後、奉公先の屋敷でどういう処分を受けるだろうか。そこまでは関知するところではない。

明石を乗せた駕籠がそそくさと去ったあとも、俺はその場にとどまり、燃え盛る火をながめていた。すべて燃えつきるのを見届けようと思ったのだ。

火事と知って、いつのまにかどこやらから百姓が集まってきた。もう、手のほどこしようがなく、延焼の恐れもないのを見て、遠巻きにしてのんびりと見物している。

やがて炎が消えた。

祈禱所も宿坊もすべて消滅したが、まだ真っ黒な残骸《ざんがい》がくすぶり続けている。

焼け跡から煙だけが高く立ちのぼっていた。

ひっきりなしに、いったん舞いあがった白い灰が落ちてくる。まるで、雪のようだった。

「では、われらも帰るとするか」

原田と八千代をうながした。

そのとき、三人とも足袋跣足《たびはだし》であるのに気づいた。うっかり、履物を火事の場に忘れてきてしまったのだ。

八千代は駕籠に乗るからいいが、俺と原田は足袋跣足で河岸場まで歩かねばならない。

「やむを得んな。はだしよりは、ましであろうよ」

「そうですな」

原田も、足袋をはいているだけましなことに同意した。

（九）

河岸場は大混乱になっていた。

祈禱所から逃げ出した抱月院の弟子、加藤助左衛門の供、加持祈禱に訪れていた奥女中と供、それに祈禱所の奉公人らはすべて町奉行所の役人に行く手をさえぎられ、きびしい尋問や譴責《けんせき》を受けていた。

そんな騒動を尻目《しりめ》に、俺と原田主税、八千代を乗せた駕籠はさっさと通り過ぎた。役人のほうでも承知しているため、俺たちの一行にはいっさい見て見ぬふりをしている。

横川に架かる扇橋の近くに、葦簀《よしず》張りの茶屋があった。

初瀬が床机に腰をおろし、静かに茶を飲んでいた。その挙措《きょそ》は落ち着いたものである。

初瀬はひとりであるが、やや離れた場所に屈強《くつきよう》な武士がひとり立っていた。一橋家か、遠山家から派遣された警護の者らしい。

駕籠から降りた八千代は、駆け寄るなり、

「初瀬さま」

と、膝に取りすがって泣き崩れた。

それまで張りつめていたものが、一気にゆるんだのであろう。

「よくやりました。よくやりました」

初瀬は八千代の肩を抱き、背中をやさしくなでながら、俺と原田のほうを見た。

「ご苦労でした。火の手があがったと聞き、心配しておりました」

俺は床机に腰をおろしながら、

「付け火をしたわけではありませぬぞ。みなが逃げ惑うなかで、蠟燭が倒れたようですな。気がついたときには、もう手のほどこしようがありませんでした」

と、火事の顚末《てんまつ》を語った。

「さようでしたか。ともかく、ご無事でなによりでした」

「加藤助左衛門どの、抱月院、それに吉野源之丞は死にました。いまごろは灰になっておりましょう。三人の死体は見つかりません」

「では、期せずして茶毘《だび》に付したことになりましょう。南無阿弥陀仏《なむあみだぶつ》」

初瀬が瞑目《めいもく》し、静かに両手を合わせた。

その敬虔《けいけん》な横顔に、なんともいえぬ色気がある。俺はゾクッとした。

目を開くと、初瀬がみなに言った。

「それはそうと、なにか召し上がりませんか。さぞや、喉が渇いたことでございましょう。お酒も用意があるようですし、お汁粉《しるこ》もできると聞きましたよ」

「では、みどもは酒を」

「拙者は汁粉を」

「あたくしも、お汁粉を」

三人が、口々に注文した。

あちこちに染みのある前垂れをした老婆が出てきて、酒と汁粉を供した。酒は湯飲茶碗だし、汁粉の椀は縁《ふち》が欠けていた。

「では、いただきます」

原田は茶碗酒をグビグビと、あおるように呑み干した。

喉が渇いていたのはもちろんだが、生まれて初めて刀をふるって人を斬り、気持ちが異様に高ぶっていたようだ。飲み干したあと、茶碗を握り締め、「フーッ」と大きな吐息をした。ようやく、人心地ついた気分なのであろう。

いっぽう、八千代は目に涙を浮かべたまま、汁粉をすすっている。涙と食い気が両立しているのがなんともおかしい。

俺も汁粉をすする。

先日、吉田町で夜鷹と一緒に食べた汁粉にくらべると、甘味が物足りなかった。粗悪な砂糖を使っているに違いない。しかも、白玉団子ではなく、餅がはいっていた。

それでも、腹が減っていたこともあって、なかなかうまい。ペロリと平らげ、もう一椀頼んだ。渋茶を飲みながら、二椀目の汁粉をすする。

そんな俺を、同じく二杯目の茶碗酒を呑みながら原田は、

「ほう、汁粉ですか」

と、さも珍獣でも見るかのように、不思議そうに横目でながめていた。

酒は嫌いで、甘い物が好きなのだ。俺の勝手ではないか。

「おや、足袋のままですね」

初瀬が、三人の足元に気づいた。

「火が出たので、履物をさがすひまがありませんでした」

「さようでしたか。では、せめて草鞋を用意させましょう」

老婆を呼び、草鞋を三足求めた。

茶屋で草鞋も売っているようだ。

白足袋は泥だらけだったので、俺は惜《お》しげもなく道端に投げ捨て、素足に草鞋をはいた。

放り出された足袋を見て、老婆が言った。

「捨てるのでごぜえますか。もったいない。もらってもようごぜえますか」

「ああ。よかったら、犬にでも食わせてやれ」

「犬が足袋を食べるものですか。洗って、売り物にしますで」

「好きにしろ」

見ると、原田も八千代も脱いだ足袋は丁寧《ていねい》に泥をはたき落とし、ふところに収めていた。洗って、またはくのであろう。

人の好き好きだが、俺はそういういじましいことは嫌いだ。

さりげなく、初瀬が俺の袴に視線をそそいでいる。

気づいて、自分の袴を点検した。

あちこちに赤黒い染みがあった。大量に返り血を浴びていたのだ。ふたりを斬ったのだから、当然と言えば当然であろう。

「これは返り血ですな。もう、捨てるか、雑巾にするしかありますまい」

いっそ、その場で袴を脱ぎ捨てようかと迷った。茶屋の婆さんにあたえてもよい。水洗いして古着屋に持っていけば、いくばくかにはなろうよ。

そのとき、初瀬がうながした。

「帰りは別々のほうがよろしいでしょう」

婉曲《えんきょく》にそろそろ立ち去れと求めていた。

町奉行所の役人の手前もあり、俺がいつまでも居座っていてはまずいのであろう。

これから、一橋家の処理がおこなわれるのかもしれない。

「そうですな」

「別途に猪牙舟を用意してございます。よろしければ、それに乗って入江町の河岸場までお帰りください。船賃は先払いしております」

「それはかたじけない。では、猪牙で帰りますかな」

床机から腰をあげかけて、俺は思い出した。

大きくふくらんだふところに手を入れる。

「そうそう、土産がありましたぞ」

「え、お土産。なんでございますか」

初瀬の目が期待で輝いていた。

おもむろに紫色の布包みを取り出し、床机の上に置いた。

包みを解くと、髑髏が現われた。

ハッと、原田と八千代が息を呑んだ。思わず、ふたりとも身を引いている。

ところが、初瀬は冷静そのものだった。顔色も変わらない。肝《きも》の据わった女だ。

「祈禱所に祀られていたものでございますか」

「さよう。拙者も間近に見るのは初めてですが」

俺はしげしげと髑髏を観察した。

指先でつついてみる。

和合水が塗り重ねられているのかどうかまでは、指先の感触ではわからなかった。まさか女の前で、匂いをかいだり、なめてみたりするわけにもいかないしな。

髑髏は全体に漆が塗られ、頭頂部には金箔《きんぱく》と銀箔が押されていた。香がたちこめた薄闇のなかでこそ魔力を感じさせ、おどろおどろしいであろうが、日の光のもとでながめると、ポッカリとあいた眼窩《がんか》は不気味というより、なんとなく滑稽《こっけい》だった。

「おそらく、抱月院がどこかの墓地から掘り出したのでございましょう。このままでは無惨です。一橋家の菩提寺のご住職にお願いして回向《えこう》をし、ねんごろに弔《とむら》ってやりたいと思います」

初瀬は髑髏に向かって両手を合わせたあと、丁寧に布で包み込んだ。

持ち帰るつもりらしい。恐がったり、気味悪がったりする様子は微塵《みじん》もなかった。

最後に、俺も髑髏に向かって合掌《がっしょう》し、

「では、お願いいたす」

と、床机から腰をあげた。

肩の荷がおりた、いや、ふところの荷をおろした気分だ。

（十）

河岸場で猪牙舟をおりると、ボーン、ボーンと七ツ（午後四時ころ）を告げる鐘が鳴った。

本所入江町には、時の鐘を打つ鐘撞堂《かねつきどう》がある。

昔、入江町に岡場所があった。鐘撞堂に近いことから、岡場所は俗に鐘撞堂と呼ばれていたという。全盛期には千人を超す女郎がいたというから驚きだ。

宝暦《ほうれき》のころには、揚代《あげだい》が金二分の高級女郎もいたようだ。その後、安永《あんえい》になると格が落ち、昼間六百文、夜間四百文の四六見世《しろくみせ》が中心になったと聞いている。

老中の松平定信《まつだいらさだのぶ》どのが推進した寛政《かんせい》の改革で、鐘撞堂の女郎屋はすべて取り払われた。

その後復活して四軒の女郎屋ができたが、これも天保の改革で取り払われた。

いまは、入江町に女郎屋は一軒もない。

「かつて、このあたりに女郎屋がひしめいていたのだからな」

家に向かって歩きながら感慨を覚えた。

町屋を抜けて、武家地となる。

我が家のある岡野の屋敷の近くまでくると、門の前に男がふたり立っているのが見えた。

「おや、あれは」

ひとりはすぐにわかった。幇間の馬骨である。

もうひとりは、見覚えがない。色が浅黒く、どことなく気難しそうな顔をしていた。年のころは三十なかばくらいで、小紋の羽織を着ている。馬骨と一緒のところからすると、吉原の人間であろう。しかし、楼主独特の雰囲気はなかった。

「勝さま、お待ちしておりました」

馬骨が下駄を鳴らしながら、駆け寄ってきた。

「門の前で待っていたのか」

「さきほど、お屋敷にうかがいましたところ、お出かけで、お帰りもいつになるかわからないとのことでした。いったん、引きあげたのですが、心残りと申しやしょうか、名残り惜しいと申しやしょうか。どうしても立ち去りがたく、勝さまのお顔を見たい一心で、門の前でなんとなく待っておりやした。

あたしの一念が通じたのでござんしょう、こうやってめでたくお会いできたというわけでしてね」

幇間だけに、どうも言い草が芝居がかっている。

連れの男がそばまで来て、

「江戸町一丁目、兵庫屋《ひょうごや》の主《あるじ》、庄兵衛《しょうべえ》でございます」

と、丁重に腰を折った。

やはり、吉原の妓楼の楼主だった。江戸町一丁目の兵庫屋といえば、大見世である。登楼したことはないが、俺も見世の屋号くらいは知っていた。

「こちらの兵庫屋の旦那が、ぜひとも勝さまのお力を借りたいということでござんしてね。そこで、あたしが一肌《ひとはだ》脱いで、お連れしたようなわけでして」

「先日の、揚屋町の湯屋でのご活躍は存じ上げております。そこで、馬骨さんにお願いして、ぜひとも勝さまにお引き合わせいただきたいと。そんなわけでございまして、失礼をもかえりみず、押しかけてきた次第でございます」

庄兵衛がくどくどと来訪の理由を述べた。要するに、揉め事の仲裁を頼みにきたのであろう。

「そうか。ともかく、話だけは聞こうか。家に来てくれと言いたいところだが」

俺もちょっと迷った。

女郎屋の主人ごとき賤業《せんぎょう》に従事する者をというような、身分を云々《うんぬん》するつもりは毛頭ないのだが、やはり家のなかはまずいであろう。楼主の相談事を娘の耳には入れたくない。とくに、お順が聞き耳を立てているからな。

甘味を餌に、馬骨がさそった。

「どうです、その辺の正月屋で、ちょいと汁粉でもすすりながら相談に乗っていただくという趣向は。長崎町に、気の利いた小豆《あずき》と砂糖を使った店があるそうでしてね。白玉汁粉が評判ですよ」

「よしておこう。きょうは二杯も食った。しかも、餅のはいったやつだ」

さすがに、汁粉と聞いただけでゲップが出そうだった。

「へ、餅入りを二杯ですかい」

馬骨が目を丸くした。

そばで、庄兵衛もあきれた顔をしていた。

「その辺で、立ち話としよう」

そうは言ったものの、入江町のあたりには神社や寺院はない。

俺はふたりを連れて河岸場に戻り、横川の濁った流れのそばで話とやらを聞くことにした。

＊

初めのうち、庄兵衛は「料理屋か茶屋の座敷のほうがよろしいのでございましょうが」としきりに恐縮していたが、俺がせかすにおよび、ようやく肝心のことを話し始めた。

「身内の恥をさらすことになりますが、あたくしの兄、六右衛門《ろくえもん》のことをお話しなければなりません。もともと、兵庫屋は六右衛門が継いで楼主となり、弟のあたくしは吉原の外で別な商売をしておりました。

このところ、兵庫屋は商売が思わしくなく、あちこちに借金もかさんでおります。そんな苦境のなか、なにを血迷ったのか、六右衛門が抱え遊女と深い仲になってしまったのでございます」

庄兵衛の顔は苦渋《くじゅう》に満ちていた。

吉原の妓楼の掟《おきて》は、俺も知っている。

楼主は抱え遊女に手を出してはならないし、若い者は自分が奉公する見世の女郎と情を通じてはならないし、芸者は客と寝てはならない。さもないと、妓楼の秩序がたもてないからだ。

しかし、往々にして、この禁制は破られた。まあ、男と女のあいだに理屈や法度《はっと》は通用しないってことだろうよ。

「楼主が自分の見世の女郎に手を出せば、ただではすむまい」

「兵庫屋の信用にかかわりますし、へたをすれば見世をたたむ事態にもなりかねません。そこで、親類縁者が相談の上、事をおおっぴらにはせず、六右衛門を病気療養という理由で金杉村にある寮に押し込め、女は内藤新宿《ないとうしんじゅく》の女郎屋に鞍替《くらが》えさせました。そして、あたくしが兵庫屋の建て直しを任されたわけでございます」

「なるほど」

これで、庄兵衛がまだ楼主臭くない理由がわかった。初々《ういうい》しい楼主というわけだ。

「金杉村に引き込んだ兄はその後、『心をあらためるため、修行を積む』と称して、妻子を置いたまま出奔し、どこやらの修験者《しゅげんじゃ》に弟子入りしてしまいました」

「ほう、修験か」

俺も驚いた。

十万坪は立川流だったが、今度は修験道である。

世間には邪教が蔓延《まんえん》しているのだろうか。

修験道はもともと深山幽谷《しんざんゆうこく》のなかで霊験を得るための修行をする山岳信仰だが、近年では江戸の市中にも道場があり、加持祈禱などをおこなっている。

かつて俺が行法《ぎょうほう》を習ったのも、そういう市中に住む行者からだった。

「一昨日のことでございます。ふたりの男が兵庫屋の前に立ちました。ともに、頭に兜巾《ときん》をかぶり、柿色の鈴懸《すずかけ》と結袈裟《ゆいげさ》を身にまとい、笈《おい》を背負い、手には錫杖《しゃくじょう》を持ち、足には八ツ目の草鞋をはくという、山伏《やまぶし》のいでたちでございます。

ひとりは四十歳くらいで、出羽《でわ》三山などで修行を積んだ有道院《うどういん》と名乗りました。もうひとりは二十歳くらいで、弟子の弁蔵《べんぞう》でございます。ふたりは見世のなかにはいってこようとします。もちろん、若い者がとどめようとしましたが、有道院は、

『この見世には怨霊《おんりょう》が憑《つ》いておる。このままでは、見世が潰れるのは必定《ひつじょう》。六右衛門どのの依頼を受け、怨霊の調伏《ちょうぶく》にまいった』

と言い、強引に見世にあがりこんでしまいました。

若い者も、兄の六右衛門の名が出たため、ややひるみます。

それをいいことに、有道院と弁蔵はさっさと二階にあがり、奥座敷を占領してしまいました。これはなにか裏があるなと気づいたものですから、あたくしが面会し、用件を尋ねました。すると有道院は、兄の依頼状を取り出し、言い放ちます。

『このままでは兵庫屋は立ち行かない。しばらく滞在し、悪霊を退散させる修法をおこなう』

これでわかりました。ふたりは、兄の意を受けていたわけです。兄はあたくしを追

放し、ふたたび楼主に返り咲こうとしているに違いありません。

あたくしはいくばくかの金を包み、お引取り願おうとしたのですが、ふたりは頑《がん》として聞き入れません。その後は、座敷で法螺貝《ほらがい》を吹き鳴らしたり、護摩を焚いたり、なにやら真言や呪文を唱えたりして、そのまま居座ってしまったのでございます。

しかも、精進料理を出せの、淫音は修法をさまたげるから清掻の三味線を弾くななどと、無理難題を言います。さらには、追い出そうとするなら、『女郎全員に不動金縛りの法をかける』と、うそぶく始末でございます。

女郎たちはすっかりおびえてしまいますし、噂を聞いた客人も尻込みして兵庫屋への登楼を避け、商売はあがったりでございます。どうにかして、ふたりに見世から退散してもらわねばなりません。そこで、勝さまにお願いにあがったわけでございます」

これで、庄兵衛の頼みの内容がわかった。どうにかして、山伏ふたりを撃退してくれということだった。

それにしても、いくつか疑問がある。

「有道院が持参した六右衛門の依頼状は、本物なのか」

「はい、兄の手跡と印形《いんぎょう》に間違いございません」

「すでに六右衛門は隠居し、お身が兵庫屋の楼主を継いだのか」

「いえ、兄はあくまで病気療養中ということで見世を離れただけで、正式に隠居はしておりません」

庄兵衛が唇をかんだ。

まだ、六右衛門が楼主なのだ。となると、有道院が示した依頼状も有効であり、あくまで楼主の依頼を受けて乗り込んできたことになる。ちょいと、手ごわい。

「六右衛門の所在《しょざい》は」

「八方手を尽くして調べておるのですが、まだわかりません」

「有道院の正体は」

「それも、わかりません。お引き受けいただけますでしょうか。失礼ながら、謝礼はさせていただきます」

すがりつくように、庄兵衛が言った。

「そうだな」

即答はせずに、ことばを濁した。

もちろん、俺は引き受けるつもりだった。

べつに、もったいぶったわけではない。

似非《えせ》修験者のふたりくらい、ぶちのめして放り出すのは朝飯前だ。しかし、それだけではあまりおもしろくない。

ここが思案のしどころである。

じつは、俺は初瀬が吉原を案内してほしいと望んでいたのを思い出したのだ。うまくすれば、一石二鳥になるかもしれない。つまり、初瀬と庄兵衛の要望を一挙《いっきょ》に実現できそうだ。自分の秀逸《しゅういつ》な思いつきに、ポンと膝を打ちたいくらいである。

庄兵衛は俺が渋《しぶ》っていると思ったのか、

「どうか、お願いいたします。面番所のお役人も頼りになりません。もしかしたら、兄が袖の下を使ったのかもしれません。お役人は、

『妓楼の内紛には立ち入らない。それに、修験者は寺社奉行の管轄じゃ。我ら町奉行所の役人は手を出せぬ』

の一点張りで、取り合ってくれません。勝さまだけが頼りでございます」

と、必死の表情で懇願した。

吉原には面番所があり、町奉行所の役人が常時詰めている。その役人から、けんもほろろに断わられたのだ。

「よし。引き受けよう」

さも思案の末という趣《おもむき》で、力強く答えてやった。

「ただし、ちょいと都合があって、これからすぐというのは無理じゃ。あす、はっきりしたことを答える。それまで、どうにかして持ちこたえる。我慢くらべのようなも

のだ。また、人を使って有道院の素性を突き止めろ。行者に知り合いがいるから、俺のほうでも調べてみるがな」

「はい、承知しました。ありがとう存じます」

庄兵衛と馬骨は平身低頭したあと、ホッとした様子で帰っていく。

俺は家に向かいながら、

「初瀬はまだ渓声庵には戻っておるまい。深夜に訪ねるわけにもいかぬからな。あす、渓声庵に寄って、吉原行きを切り出すか」

と、予定を考えた。

不意にゲップが出た。

餅入り汁粉二椀のせいだ。

（十一）

翌日の昼過ぎ、そろそろ渓声庵に出かけようかと思っていると、逆に下男の久兵衛が訪ねてきた。

玄関に出た俺に、

「昨日は、どうもありがとうございました」

と、初瀬からの口上を縷々《るる》述べたあと、大きな風呂敷包みを置いた。

「それは、なんだ」

「初瀬さまから、お届けするようにとのことでございます」

「ほう、菓子にしては大きいな。まさか、特注の巨大饅頭でも持参したのではあるまいな。金沢丹後で特別にあつらえたのか」

俺は興味津々で包みを解いた。

期待が高まる。

「おや、これは」

なんと、竜文の袴地の反物《たんもの》がはいっていた。それに、竹皮草履の裏に牛皮を張り付けた雪駄《せった》と、白足袋がそれぞれ一足、添えられていた。

十万坪で失った草履や、台無しにした袴と白足袋の代わりということらしい。なかなかの気配りといおうか、小癪《こしやく》といおうか。

しかも、金一封まではいっていた。

中身は、五両あった。

「うーん」

思わず、俺もうなってしまった。

女にしては、やることがなんとも太っ腹である。

男谷精一郎が初瀬を「並みの男では太刀打ちできない女傑」と評していたが、まさにその通りだった。俺も圧倒された気分である。

ともあれ、五両あれば、吉原行きの軍資金にはじゅうぶんだ。

「では、あたくしはこれで」

久兵衛が頭をさげ、踵《きびす》を返そうとする。

「ちょいと待ってくれ」

「へい、なにか」

「あす、吉原にご案内しよう。昼過ぎに、渓声庵に迎えに行く。そうだな、八ツ（午後二時ころ）過ぎの見当かな。そのように、初瀬どのに伝えてくれ」

「へ、吉原でございますか」

怪訝《けげん》そうに、久兵衛が反問した。

またもや勘違いをして失態を演じるのを案じているようだ。

押し返すように、言ってやった。

「うむ、吉原じゃ。そう伝えれば、わかる」

「へい。かしこまりました」

一礼して、久兵衛が去った。

あしたのことを考えると、浮き浮きしてきた。俺はその場で、体のあちこちをひねり、屈伸《くっしん》を繰り返す。

あすに備え、事前に庄兵衛や馬骨と打ち合わせをしておく必要があろう。

これから、さっそく吉原に出かけることにした。

ふと、気配を感じて振り返ると、お順がいた。久兵衛との遣り取りに聞き耳を立てていたようだ。妙に目が据《す》わっている。

「お出かけですか」

と、さもすべてを読んでいるかのような口ぶりだった。

張り切りぶりをじっと観察されていたかと思うと、俺もちょっと狼狽した。

「わしは、人に頼まれるとイヤとは言えない性分だからな。世のため、人のためじゃ。情は人の為ならず、と言ってな。人に親切にしておけば、必ずよい報いがあるということじゃ。いっぽうで、女郎の実《まこと》と玉子の四角はない、とも言うな。うむ、昔の人のことばには含蓄《がんちく》があるわい」

途中からしどろもどろになってしまい、自分でもなにをしゃべっているのか、わけがわからなくなった。

お順は黙って口をとがらせていた。

第三章　花の吉原陰参《かげまい》り

（一）

渡し舟が隅田川をのんびりと横切っていく。舟がおこす波紋で、水面に浮いた数羽の白い水鳥が揺れていた。

船べりから身を乗り出すようにして、

「おや、都鳥《みやこどり》ですね。堤からながめたことはございますが、こうやって舟に乗って間近に目にすると、ひとしお感慨深いものがございます」

と、初瀬はしきりに感嘆している。

頭から白絹の布をかぶっていた。いやでも人目を引く。いかにも、いわくありげな女のお忍びの外出である。

そばで、下男の久兵衛と、お岸《きし》という十六、七歳の女中が神妙な顔をしていた。

俺は、初瀬がおもむろに矢立《やたて》と紙を取り出し、

「一首できました。みやこどり……」

などと、和歌を作り始めるのではないかと危惧《きぐ》したが、さすがにそれはなかった。

それにしても、同乗している百姓や町人は、男女四人連れの一行をどう見ているのだろうか。身分のある婦人と、供の家来や奉公人と思うだろうか。

だが、久兵衛とお岸はともかく、俺は総髪だし、袴もつけない着流し姿である。両刀を差しているといっても、供侍にはふさわしくない。ちぐはぐな組み合わせであろう。

第一、身分のある婦人と供の一行が渡し舟には乗るまいよ。

本来であれば、屋根舟を雇うべきであろう。最初は、俺もそのつもりだった。

きょうの昼過ぎ、俺のほうから渓声庵にさそいに行き、初瀬、久兵衛、お岸と連れ立って庵《いおり》を出た。

隅田川を渡るに際して、「山谷堀まで、屋根舟を雇いましょう」と言ったところ、初瀬は「かねがね渡し舟に乗ってみたいと思っていたのです」と希望した。そのため、あえて竹屋の渡しを利用することにしたのだ。

これまで江戸城の大奥や一橋家の上屋敷で生活してきただけに、庶民と一緒の渡し舟のほうがかえって新鮮なのであろう。

最初のうちこそ好奇の目でチラチラと初瀬のほうをうかがっていた乗客もそのうち興味を失い、てんでにおたがい雑談したり、煙管で煙草をくゆらせたりしている。

「十万坪はどうなりましたか」

折を見て、俺が尋ねた。

初瀬は悲しげな表情で、

「加藤助左衛門どのや抱月院は、祈禱所の出火で行方不明となりました。おそらく、焼け死んだのでござりましょう。祈禱所は全焼し、跡形もなくなりました。ほかの百姓家に延焼することがなかったのが、不幸中のさいわいと申せましょう。一橋家では失火として処理しました」

と述べたあと、静かに合掌《がっしょう》した。

さも、加藤や抱月院の死を悼《いた》んでいるかのようだ。

大した役者である。

「一橋家の屋敷のほうは」

「加藤どのの勢力は一掃《いっそう》され、綱紀粛正《こうきしゅくせい》が断行されました。すべてうまくいったと申し上げてよろしいでしょう」

要するに、一橋家のお家騒動は初瀬が計画した通りに収束したのだ。

一橋家の内情をあれこれ穿鑿《せんさく》するわけにはいかないし、また、相手がくわしいことを打ち明けるはずもないから、俺はそれ以上の質問はしなかった。

祈禱所で暴れ、加藤と抱月院、それに吉野源之丞をぶった斬ったところで俺の役目は終了というわけだ。もっとも、抱月院を斬ったのは原田主税だがな。

「そろそろのようですね」

初瀬が首を傾け、今戸橋のほうをながめている。

船内もざわついていた。みな、いち早く下船の支度《したく》をしている。

舟は今戸橋の際の桟橋に着いた。

山谷堀はいつもと変わらぬにぎわいである。屋根舟や猪牙舟の出入りがひきも切らない。

船頭同士が、

「おーい、どけえ行くぅ」

「柳橋だぁー」

と呼び交わす声、
舟から船頭が、

「お客だよーッ」

と、船宿の若い者や女中に呼びかける声が川面に響いていた。

＊

渡し舟からおりたあと、俺は初瀬にたしかめた。

「駕籠を雇いますかな」

「いえ、せっかくですから、日本堤を歩いてみましょう。そのほうが、まわりの風景も楽しめるでしょうから」

「では、ブラブラ行きますかな。吉原までおよそ八丁（約八百七十メートル）の道のりなので、俗に土手八丁と呼んでおります」

無理に駕籠を勧めるつもりはない。

四人で歩いていくことにした。久兵衛は、俺があずけた風呂敷包みを背中にかついでいる。

木々の緑が濃い待乳山聖天社の丘を左に見ながら歩き、浅草聖天町の町並みを抜け、日本堤にのぼった。あとは、一本道である。

土手の両側には、葦簀張りの掛茶屋が並んでいた。

「ほい、かご、ほい、かご」

と、掛け声をかけながら、客を乗せて吉原に向かう駕籠の人足は、ふんどし一丁の裸体だった。背中に汗が光っている。

歩きながら説明した。

「吉原は一日二回の営業で、昼八ツ（午後二時ころ）から夕七ツ（午後四時ころ）までが昼見世で、暮六ツ（午後六時ころ）から夜見世が始まります」

「すると、いまから行くと、昼見世と夜見世のあいだになりますね」

「そうですな。それをめざしておるわけでしてね。

そうそう、これを渡しておこう。ふたり分の切手じゃ」

俺はふところから切手を取り出し、供のお岸に渡した。

木製の鑑札で、表には墨《すみ》で「江戸町一丁目名主」と書かれ、名主の名前が焼印されていた。裏には、「女弐人」と墨書きされている。昨日、兵庫屋庄兵衛に頼んで入手しておいたものだ。

「吉原は、男の出入りは自由です。女もはいるのは自由ですが、大門から出る際にはきびしい吟味《ぎんみ》があります。女郎の逃亡を防ぐためですな。ですから、女は吉原にはいるときには、あらかじめこういう切手を入手しておかねばなりません。

大門をはいって右手のところに四郎兵衛会所という詰所があり、ここに詰めている番人が大門を出ようとする女を監視しております。切手を持っていない女は金輪際《こんりんざい》、大門を出ることを許しません」

俺はちょいと、女ふたりをおどかしてやった。

お岸は切手を受け取りながら、顔をこわばらせている。もし切手を紛失したらどうしようと、いまから取り越し苦労をしていた。

肝心の初瀬は、

「おや、おや、それは大変ですね。

お岸、なくさないよう、しっかり持っていなさいよ」


と、鷹揚《おうよう》なものだった。

左手に、見返り柳が見えてきた。

見返り柳を過ぎると、日本堤から大門にくだっていく坂道がある。五十間道である。

五十間道の右手に、高札場があった。

初瀬は大門を見て、

「おや、簡素な門ですね」

と、意外そうだった。

大門は、黒塗り板葺きの屋根付き冠木門《かぶきもん》である。

たしかに、大名屋敷の堂々たる長屋門にくらべると見劣りがする。妓楼の建物の華麗さにくらべても、大門は不釣合いなくらいに簡素だった。

大門の前には多数の駕籠が並んでいる。人足たちはしゃがんで煙管で煙草をくゆらせ、客待ちをしていた。

「医者のほかは、駕籠に乗ったまま大門をくぐることは許されておりません。大名ですら、駕籠からおりて歩かねばなりませぬからな」

重々しく説明したあと、べつに俺が自慢する事柄ではないのに気づいた。

（二）

大門をはいってすぐ右手が、板葺き屋根の四郎兵衛会所である。

さきほど、おどかしたため、女中のお岸は不安そうに四郎兵衛会所のほうをながめていた。

左手には面番所があった。瓦葺きで、表は格子造りである。

「あれが面番所で、町奉行所の同心ふたりと岡っ引が常駐しております。昼夜詰めているといっても、大門を出入りするお尋ね者を見張っているだけで、吉原のなかのことはいっさい見て見ぬふりですな。面番所には妓楼から飲食の差し入れがあります。連中にとってはのんびり座って、タダで飲み食いするのが仕事のようなものですな」

この際、同心の因循姑息《いんじゅんこそく》と事なかれ主義を痛罵《つうば》してやった。

山伏が押しかけた兵庫屋から助けを求められても、面番所の同心は知らぬふりをしていたのだ。

もちろん、初瀬には兵庫屋の一件は打ち明けていないが、俺には腹案があった。

「これが、仲《なか》の町《ちょう》です」

と、目の前の大通りを示した。

大門から水道尻まで、吉原をまっすぐにつらぬく大通りが仲の町である。仲の町の両側には引手茶屋が軒を連ねていた。通りに突き出すように掛かった鬼簾《おにすだれ》と花色暖簾が風に揺れている。

多数の人が行き交う仲の町のにぎわいや、引手茶屋の豪華な造作を見て、

「まあ、華やかなこと」

と、初瀬が感に堪《た》えぬように言った。

そばで、久兵衛とお岸も目をきょろきょろさせている。とくに久兵衛は、前歯の欠けた口をポカンとあけていた。

「日が暮れると、もっと華やかになりますぞ」

「そうでしょうね。楽しみです」

「まずは、ここにあがりましょう。ちと、縁のあるところでしてな」

と、引手茶屋の桜井屋を示した。

暖簾をくぐろうとすると、幇間の馬骨が土間から表に飛び出してきた。越後の帷子に絽の羽織のいでたちである。

「勝さま、お待ちしておりました。

よく、いらっしゃりました。途中、お暑うございましたろう」

まず俺に挨拶をしたあと、やや緊張の面持ちで、初瀬に向かって腰をかがめた。日ごろのへらへら笑いはどこにもない。

じつは昨日、「故《ゆえ》あってくわしいことは申せぬが、いとやんごとなきお方をお連れする。お忍びの吉原見物じゃ。よいか、くれぐれも粗相《そそう》のないようにしろよ。もし非礼なことがあったら、きさまの首は胴体についていないぞ」と、馬骨をさんざんおどかしておいたのだ。ちょっと薬が効き過ぎたかなと、おかしくなった。

羽織姿の桜井屋の亭主も出て来て、深々と腰を折り、

「よくいらっしゃりました。委細《いさい》は馬骨さんからうかがっております。さ、まず、二階へいらっしゃりまして、お涼みなされませ」

と、かしこまった顔で挨拶をした。

馬骨から、いとやんごとなきお方を迎えると耳打ちされているに違いない。亭主もかなり緊張しているようだ。

俺は笑いをこらえるのに苦労した。

頭にかぶっていた布をはずした初瀬は、

「よろしゅう」

と、優雅に返礼している。

主人と馬骨に案内され、俺と初瀬、それにお岸はいったん土間から板敷きにあがっ

たあと、二階座敷に通じる階段をのぼった。久兵衛は一階に残り、板敷きの隅で茶でも飲みながら待つことになる。

風を通すため、二階は表座敷も奥座敷も境の障子を取りはずしていた。窓の障子もあけ放っている。

奥座敷に案内された。

床の間には薄端《うすばた》の花器が置かれ、杜若《かきつばた》が活《い》けられていた。

掛軸には和歌らしき文字が書かれていたが、達筆すぎて俺にはさっぱり読めない。かろうじて、最後の署名の「冷泉《れいぜい》」だけが判読できた。おそらく、初瀬には全部読めたであろう。掛軸に目をやり、黙って読んでいる。

女中が茶と煙草盆、続いて酒と硯蓋を運んできた。

亭主と女房がそろって座敷に現われ、

「おひとつ、まいらせましょう」

と、めいめいに杯を取り持つ。

いける口なのか、初瀬は勧められるままに杯を重ねていた。

初めは遠慮していたお岸も、いつのまにか杯を口に運んでいる。もしかしたら、渓声庵では女主人に付き合ってけっこう呑んでいるのかもしれない。

もちろん、俺は杯の中身はすべて煙草盆に捨てた。馬骨が気を利かせて、やはり竹村伊勢の名物の巻せんべいを用意していたので、茶を飲みながらバリバリと食った。

「遊女三千ということばを聞いたことがございますが」

初瀬が問いを発した。

うなずきながら、亭主が答えた。

「たまたまことし、お奉行所から吉原の総人数を書上げるようにというお達しがあり、調べたばかりでございます。そのため、はっきり覚えております。総人数は八千七百七十八人で、内訳は男千四百三十九人、女七千三百三十九人でございました。そのうち、遊女は四千八百三十四人でございます」

「すると、遊女三千どころか、五千人に近いわけですね」

「これには、わけがございまして」

「どういうことですか」

「先年の天保のご改革で、江戸の岡場所はすべて取り払いとなりました。そのため、生活できなくなった岡場所の女郎がどっと吉原に鞍替《くらが》えしてきたのでございます」

「そうだったのですか」

「鞍替えは格上の吉原から格下の岡場所や宿場へというのが普通なのですが、このときばかりは特例でございましてね。おかげで、吉原の格が下がったという風評もございます」

「遊女のほかの男女は、どういう人々ですか」

「妓楼や茶屋、料理屋に住み込みで働く奉公人のほか、吉原には芸者や幇間などの芸人が住んでおります。そのほか、食品や雑貨をあつかう様々な商家がございますし、質屋や湯屋もございます。職人や医師、按摩《あんま》、易者《えきしゃ》、寺子屋師匠なども住んでおります。お歯黒どぶで囲まれたおよそ二万七百坪の敷地のなかで、すべてが調達できると言っても過言ではございません」

初瀬の矢継ぎ早の質問に、亭主が丁寧に答えている。

俺は馬骨の耳元にささやいた。

「まるで役人の取調べのようじゃないか。これじゃあ息が詰まる。おめえ、ちょいと滑稽話でもしろい」

そうだな、線香が一本燃えつきるあいだに女を少なくとも三回、笑わせろ。それでも笑わなかったら、奥の手を出して、素っ裸になって踊りながら、脇の下でもくすぐれ」

「そ、そんな無茶な」

無理難題に泣きべそをかいていた馬骨だが、やはり幇間である。

頃合いを見はからって、さも深刻そうな顔で語り始めた。

「吉原の女郎衆《し》には客をだますいろんな手練手管《てれんてくだ》がございます。これはいわば秘伝でございまして、ほかにはけっして漏らしてはならないのでございますが、きょうは特別にお教えしましょう。ただし、世間の男衆には絶対にお話にならないよう願います」

「おや、遊女の手練手管とはおもしろそうですね」

俄然《がぜん》、初瀬も身を乗り出す。

馬骨はあたりを見まわしたあと、やや声を低めた。

「客に居続けをさせる法、というのがございます。

夜明けが近くなってから、鬼ごっこをしようと言って、客人を鬼にして目隠しをしてしまうのでございます。廊下に突き出し、あとは知らぬ顔で寝てしまいます。そして、客人を廊下に突き出されたた客人は夜が明けたのも知らず、広い妓楼のなかをずっとうろうろしているでありましょう。日が暮れてから、ようやく鬼につかまってやり、目隠しをはずします。なんと、客人はきのうの夜がまだ続いていると思うに違いありません」

「ホホホ」

初瀬もお岸も大笑いしている。

なおも、馬骨が大真面目な口ぶりで続けた。

「張見世の格子先に来た客を残らず捕らえる法、というのがございます。

夜見世が始まる前に、格子に鳥黐《とりもち》をべったりと塗っておきます。夜見世が始まるや、張見世の格子の前に客人がどっと集まってまいります。そこで、女郎衆が格子の内側から吸いつけ煙草を差し出すわけでございますな。客人は煙管を受け取ろうとした拍子に、格子の鳥黐に顔がくっつき、離れなくなります。人数がまとまったところで、箒《ほうき》で掃《は》き集めて、二階座敷に送り込むわけでございますな」

馬骨の軽妙な語り口に、またもや大笑いとなった。

＊

窓の外を見ると、西の空が赤く染まっていた。

そろそろである。

表の通りがざわめいた。あちこちで歓声があがる。

俺は窓の外を指差し、

「花魁《おいらん》道中のようですぞ」

と、初瀬をうながした。

「えっ、一度、見たいと思っていたのです」

目を輝かせた初瀬は、窓のそばに立って通りを見おろす。

いましも、仲の町を花魁道中が静々と進んでくるところだった。

一行を、定紋入りの箱提灯を持った若い者が先導している。

花魁は白練《しろねり》の下着をふたつ重ねにし、縫紋をした緋縮緬の上着、打掛というあでやかないでたちだった。黒塗りの高い下駄をはき、外八文字《そとはちもんじ》という独特の歩き方で、ゆっくりゆっくりと進む。

振袖姿で髪に花簪《はなかんざし》を挿《さ》した、ふたりの禿《かむろ》が供をしていた。

後ろには、下級女郎の振袖新造ふたりと遣手《やりて》が続く。最後に、誇示するように長柄《ながえ》傘《がさ》を高々とかかげた若い者が従っていた。

「引手茶屋にあがった客に呼ばれて、妓楼から女郎が大勢を従えて迎えに来ることを花魁道中といいます。いったん引手茶屋で対面したあと、客と一緒に妓楼に向かうわけですな。客にとって、これ以上の見栄はありません」

「道中をして、花魁のほうから引手茶屋に客を迎えに来るのですか。まさに豪華絢爛《ごうかけんらん》ですね。どこの引手茶屋に向かっているのでしょう」

「ここ、桜井屋に向かっております」

「えっ、ここに」

「さよう。あの花魁は、江戸町一丁目の兵庫屋の滝川《たきがわ》です。いま、全盛の花魁といってよいでしょうな。拙者が呼んだのです」

種明《たねあ》かしをしながら、俺は鼻高々だった。

滝川は、吉原の女郎では最高位の昼三《ちゅうさん》である。やはり、初瀬には最高位の女郎を見せてやりたかった。

もちろん、庄兵衛や馬骨に頼んで手配しておいたのである。

「おや、まあ。大胆なこと」

さすがの初瀬も目を丸くしていた。

俺としては得意満面である。

桜井屋の階下がにぎやかになった。

やがて、滝川の一行が階段をのぼってくる。

「滝川さんがいらっしゃりました」

と、桜井屋の主人が叫んだ。

滝川、禿、振袖新造、遣手がそれぞれ座につく。

座敷は、いちどきに大小の花が咲いたように華やかになった。

「いよっ、花魁、きょうは、いつにもましてお美しい」

と、馬骨がはしゃぎ、ますます座が沸《わ》き立つ。

客に対して、滝川はやや斜めを向いて座っていた。初会のときの花魁の座り方である。挨拶のほかはほとんどしゃべることもなく、ツンと澄《す》ましていた。

初瀬はそんな滝川を見て、

「まあ、沈魚落雁《ちんぎょらくがん》ですわね」

と、うっとりしている。

「なんですか、それは」

「魚も恥じて水に沈み、鳥も恥じて地に落ちるほどの、絶世の美人のことでございます」

「ははあ、なるほど」

いちおうあいづちは打ったが、妙なことに、俺は滝川をそれほど美人とは感じなかった。初瀬の前に出ると、なんとなくくすんで見えたほどだ。品格の違いとでも言うのだろうか。それとも、教養の差がにじみ出るのだろうか。ちょっと、不思議な気がした。

桜井屋の亭主と女房が取り持ち、杯が交わされる。

相変わらず、俺は杯の中身を捨てる。こういうとき、やはり下戸《げこ》はつらい。かといって、この場で巻きせんべいをバリバリかじるわけにはいかなかった。

やがて、ボーン、ボーンと浅草寺の鐘が暮六ツを告げた。

いよいよ夜見世の開始である。

待ちかねたように、妓楼の張見世でいっせいに清搔の三味線が響き始めた。夜見世独特のにぎやかさである。通りも一段と活気づく。

清掻を耳にすると、俺は気もそぞろになった。

「では、出かけましょうかな」

と、一座をうながす。

これから滝川の一行とともに、江戸町一丁目の兵庫屋に向かうのだ。

（三）

通りの中央に一定間隔で、誰哉行灯《たそやあんどん》と呼ばれる街灯が設置されている。妓楼や茶屋、料理屋の表には掛行灯がともされていた。また、二階座敷からも灯が流れ出している。

通りは真昼のように明るい。

その明るい通りを歩きながら、俺は晴れがましい気分だった。

足を止めて見物している男たちのあいだから、

「ほほう、美しいものじゃ」

「あでやかなものじゃ」

などと、嘆声が発せられる。

みな、羨望《せんぼう》のまなざしで見つめていた。「こんな豪勢な遊びをする客は、どんなお大尽《だいじん》であろうか」というわけだ。そう想像すると、ちょっと愉快である。

一行のあいだにあって、初瀬の顔もやや上気している。初めての体験に高揚《こうよう》している
るようだ。

兵庫屋に到着した。

「いらっしゃりませ」

楼主の庄兵衛と女房、そのほか若い者が勢揃《せいぞろ》いで出迎える。

もう、大変な騒ぎだ。

このところ兵庫屋は客足が落ちて閑散《かんさん》としていただけに、誰もが喜色満面で歓迎していた。下へも置かぬとはこのことであろう。

土間から板敷きにあがる。脱いだ履物は、若い者が手早く収納した。

「さあ、お二階へどうぞ」

庄兵衛や女房が、二階座敷にいざなう。

階段を見て、

「おや、裏返しですね」

と、初瀬は不思議そうだった。

吉原の妓楼の階段は、入口に背を向けてつけられていた。

「乱暴者やお尋ね者を捕らえるとき、階段からすぐに外に逃げられないようにするためと言われております。たしかなことは、わかりません。拙者が初めて登楼したとき

から、こんなでしたから」

「明快な説明ですこと」

クスリと、初瀬が笑った。

女房の案内で、みなは幅の広い階段をのぼった。客の送迎で混雑するとき、一度に何人もが行き来できるようにするため、妓楼の階段の幅は広い。

階段をのぼるに先立ち、俺は庄兵衛に目配せして片隅に呼んだ。

「有道院と弁蔵はどうしておる」

「相変わらず居座ったまま、嫌がらせを続けております」

「ほう、ずいぶん悠長《ゆうちょう》だな」

「根競《こんくら》べのつもりでございましょう。最後は、あたくしが音をあげると踏んでいるに違いありません」

「なるほどな。ところで、知り合いの行者に問い合わせたところ、誰も有道院なんぞ知らぬと言っておる」

「あたくしのほうでも、いろいろと手をつくして素性を調べました。どうやら、千住《せんじゅ》宿《しゅく》のあたりに住んでいる、やくざ者のようでございます。修験道を少しはかじったことがあるようですが、信者から金をだまし取り、破門になったようでございますな。千住宿でも、なにかとかんばしくない噂のある男でございます」

「どうせ、そんなところであろうな。宿場のやくざ者なら、こちらも遠慮はいらぬ。思い切りぶちのめすか」

「もちろん、勝さまにお願いするのでございますが、流血だけは避けていただけませんでしょうか。なんと申しましても、あたくしどもは客商売でございますので、血が流れる事態だけは避けたいのでございます」

急に、庄兵衛がおろおろし出した。

さも意外そうに言ってやった。

「なに、流血を避けたいだと。拙者はふたりとも首を刎《は》ね、座敷を血の海にするつもりだったのだがな。それは残念だ。やむを得ぬな。では、ふたりとも首の骨をへし折るか」

もちろん冗談なのだが、庄兵衛は顔面蒼白になっていた。

俺は吹き出したいのをこらえ、階段をのぼった。

*

二十畳ほどの引付座敷にずらりと居並び、あらためて客と女郎の対面となる。

銚子や盃台、硯蓋が運び込まれた。

ふたたび、杯の応酬が始まる。

ここでも、初瀬は差し出されるままに杯を重ねていた。引手茶屋の桜井屋から引き続きであり、かなり呑んでいるはずなのだが、その立ち居振る舞いには少しも乱れたところはない。大した女だ。

どうせ俺は酒は呑まないし、硯蓋の肴はどこも似たり寄ったりだ。かまぼこをひときれ口に放り込んだだけで、あとは茶を飲んでいた。

しばらくして、

「ご免《めん》なさいませ。よく、おいでなんした」

と挨拶しながら、芸者がふたりはいってきた。

ひとりは藍《あい》の細かな縦縞の越後の帷子に紺繻子《こんじゅす》の帯、もうひとりは縮《ちぢみ》の帷子に黒繻子の帯を締め、三味線をかかえている。

前もって、俺が声をかけておいたのだ。

続いて、台屋の若い者が次々と、大きな台の物を座敷に運び込んだ。やはり、前もって注文しておいたのだ。

台の物は仕出料理で、松や亀の形をあしらい、そこに刺身、煮物、酢の物、焼き物などの肴をきれいに盛ったものだ。見てくれが豪華なだけで、実際に食べてみるとたいしてうまいものではないが、座が華やかになるのは間違いない。

献杯がすむのをみはからい、馬骨が言った。

「では、ちょいと粋《いき》なところで、小唄でもいかがでございましょうか」

「おや、小唄はまだ聞いたことがありません。ぜひ、聞かせてくださいな」

初瀬は興味津々である。

奥女中だっただけに琴には馴染んでいても、三味線にはあまり縁がなかったのであろう。

馬骨が芸者をかえりみた。

「じゃあ、三下《さんさが》りで頼みますよ」

「あいよ」

芸者が三味線の調子を三下りに合わせる。いい音色だ。やはり宴席には三味線の音が付き物だな。

やおら、馬骨が唄い始めた。

〽露《つゆ》は薄《すすき》と寝たと言う
薄は露と寝ぬと言う
いや寝たと言う寝ぬと言う
寝たらこそ

薄は穂に出てあらわれた

唄いながらの身振り手振り、表情など、珍妙な仕草《しぐさ》がなんとも思わせぶりである。その軽妙洒脱《けいみようしやだつ》な卑猥《ひわい》に、初瀬は頬を染めて笑っていた。さすが、幇間の芸といえよう。

「では、今度は都々逸《どどいつ》でもいかがでしょう」

「都々逸も聞いたことはありません。ぜひ、聞かせてくださいな」

「へい、では、また粋なところで」

座の取り持ちは馬骨に任せておけば、初瀬も退屈することはあるまい。唄にあきたころには、剽軽《ひようきん》な踊りでも披露するであろう。

大いに盛りあがったところで、俺は初瀬に告げた。

「拙者は、ちと小用に」

「はい。ごゆるりと」

初瀬は軽くうなずいただけだった。

いまや、興味は幇間と芸者の芸にそそがれている。

すっと、俺は座敷から抜け出した。

廊下の隅に客専用の小便所があるが、そこには向かわず、そっと階段をおりた。

階段下で、渓声庵の下男の久兵衛が待ち受けていた。

「へい、どうぞ」

と、あずけておいた風呂敷包みを寄越した。

板敷きの片隅で、包みをほどいた。

中身は、白木綿の着物である。かつて、俺が行者について修行していたころの衣装だ。かなり古びていて、ところどころ黄色く変色していたが、まだ着れないことはない。そのほか、結袈裟などもあった。

久兵衛に手伝わせて、俺は急いで着替えをした。

首から結袈裟をかける。頭には、黒い兜巾をかぶった。左手に、刺高数珠《いらたかじゅず》を持つ。

ふと、大真面目で修行していたころの思い出がよみがえってきた。

ちょっとほろ苦い感慨がある。密教の修行することで、自分も変わる、世の中も変わると信じていたのだからな。というより、なにかを信じたかったのであろうよ。若気《わかげ》の至りと言ってしまえば、それだけのことだがな。

（四）

行者のいでたちになると、俺は念のために愛用の鉄扇をふところに隠した。やはり、相手が匕首《あいくち》などの刃物を持っていることも想定しておかねばならないからな。いざというときの用意をしておくのは喧嘩の極意《ごくい》だ。

「では、行くぞ。案内してくれ」

そばにひかえていた楼主の庄兵衛は、

「は、はい。いよいよでございますな」

と、返事をしたが、声がふるえている。

庄兵衛に案内されて階段をのぼった。

膝がガクガクするのか、庄兵衛の足取りはフワフワしていた。地に足がついていない感じである。

階段をのぼりきると、三方、四方に廊下が通じている。階段の近くに引付座敷があるが、その前を通るのを避け、遠まわりをして、有道院が居座っている奥座敷に向かった。楼主だけに、まわり道もよく知っている。

兵庫屋は大見世だけに広い。階段のところから奥座敷まで、廊下伝いに二十間（約三十六メートル）はあろう。

廊下を曲がった。

右側は女郎の個室で、左側は出格子になっていて、中庭に面していた。

出格子の上には水差しと半挿、手ぬぐい、提灯、裏合わせの草履、酒樽などが置かれている。格子越しに、中庭に植えられた松の木の梢が見えた。

「あそこでございます」

庄兵衛が示した座敷から、呪文が聞こえてくる。

しめよ、しめよ、金剛童子、搦《から》めよ童子、不動明王正末《しょうまつ》の御本誓《ごほんぜい》を以《もっ》てし、この悪霊を搦めとれとの大誓願なり。搦め取り玉《たま》わずんば不動明王の御不覚《ごふかく》これに過ぎず、たらたかんまんびしびしばくそわか……

廊下には、乳木《にゅうもく》を焚く匂いがただよっていた。

座敷に近づきながら、庄兵衛が早口でささやいた。

「きょうは、いちだんと気合いがはいっているようでございます。有道院はあたくしを屈服させるまであと一歩と見込んでいたところ、勝さまの一行が登楼し、にぎやかに宴席をもうけている様子を知って、勝手が違ったのでございましょう。これはいかんと、派手に護摩を焚いて見せつけているようでございます」

「そのようだな。やっているのは、不動明王の秘術のようだ」

俺は、有道院が唱える呪文のなかに不動明王があるのを聞き逃さなかった。となれば、こちらも不動明王の秘術でいこう。いわば、不動明王対決というわけだ。

「なうまくさんまんたばざらだん、せんだまかろしやた、そはたやうんたらかんまん」

音吐朗々《おんとろうろう》と不動明王真言を唱えながら、ずいと座敷に踏み込んだ。

中央に、長方形の深皿状の護摩炉が置かれ、火炎がめらめらとあがっている。

そばに、水輪《すいりん》、花皿《はなざら》、舎利器《しゃりき》、閼伽器《あかき》、杓《しゃく》などの法具を並べて、地《ち》・水《すい》・火《か》・風《ふう》・空《くう》・識《しき》の生滅《しょうめつ》と再生を表わしていた。

「何者じゃ。ひかえおれ。阿闍梨《あじゃり》に対して無礼であろう」

有道院が目を怒らせ、叱咤《しった》した。

相手が行者のかっこうをしているのを見て取るや、すかさず密教の高僧である阿闍梨の位を持ち出して威嚇するところなど、脅迫に長《た》けていることをうかがわせた。

もちろん、俺がそんな虚仮威《こけおどし》にひるむものか。

有道院は鼻梁《びりょう》が高く、頬がこけていた。そのこけた頬に無精ひげが目立つ。目付きに険《けん》があり、威圧するようににらみつけてくる。体格は筋骨たくましい。膂力《りょりょく》に自信があることがうかがえた。

そばにひかえている若い男が、弟子の弁蔵であろう。やはり、目付きが悪かった。

体と不釣合いに頭が大きい。上の前歯二本が鼠の歯のように大きく、しかも隙間があいていた。

「われこそは、悪を懲罰《ちょうばつ》する不動明王の化身《けしん》であるぞ。阿闍梨を騙《かた》る、いかさま修験者め。きさまの悪行の数々はすでに明白じゃ。千住宿に巣食うごろつきではないか。調伏してくれるわい」

「なにぃ。金縛りにしてくれるわ。おんあびらうんけんそわか」

怒号を発し、すっくと有道院が立ちあがった。左手に、刺高数珠を持っている。

右手で九字を切り、

「臨、兵、闘、者、皆、陣、烈、在、前」

と、叫んだ。

俺も負けずに九字を切り、

「臨、兵、闘、者、皆、陣、烈、在、前」

と、対抗した。

そのとき、有道院の目配せを受け、弁蔵が横から飛びかかってきた。

しゃにむに、俺につかみかかってくる。こちらが柔術を使うなど想像もしていない。まさに飛んで火に入《い》る夏の虫だ。

その襟と袖をつかみ、腰に乗せて放り投げた。相手の突進の勢いを利用しているから、おもしろいくらいに投げ技が決まった。

弁蔵の体は大きく宙を舞い、背中から落ちた。

床がドーンと響く。

落ちたのは畳の上だが、受身を知らないためもろに後頭部や腰を打ちつけ、弁蔵は白目を剝《む》いて失神した。長々とのびてしまい、ピクリともしない。

横目で、衝撃で護摩炉が引っくり返ったのをとらえた。

火事になっては大変だから、

「おい、火を消せ」

と、庄兵衛に指示した。

「あわわわ」

庄兵衛は狼狽しきっている。

そのすきに、有道院がすばやく右手で金属製の金剛杵をつかむや、

「天魔外道《てんまげどう》め」

と、殴りかかってきた。

目がらんらんと光り、すさまじい形相《ぎょうそう》である。唇がめくれ、黄色い歯どころか、歯茎まで剝き出しになっていた。

俺もふところから鉄扇を取り出し、金剛杵を払った。

カーンと金属音がした。

その音を聞き、俺は雷に打たれたような気がした。

不動明王を表わす梵字《ぼんじ》の種子《しゅうじ》の読みは「カーン」なのだ。つまり、カーンという音は不動明王を象徴している。

その瞬間、俺は本当に不動明王が自分に乗り移ったと思った。全身に力が充満する。

なおも有道院が、

「怨敵調伏」

と叫びながら、金剛杵で殴りかかってくる。

体をかわすどころか、逆にこちらからツツと間合いを詰め、鉄扇で有道院の右肘を撃った。骨を撃つ感触が手元に伝わる。

その痛打に、有道院もたまらず金剛杵を落とした。脳天をつらぬくような激痛に歯を喰いしばり、体を硬直させている。

すかさず、俺は鉄扇と刺高数珠を投げ捨て、相手の右襟と左袖を両手でつかんだ。

体を反転させるや、相手の体を腰にのせて放り投げた。

有道院の体は障子を突き破って窓から飛び出し、そのまま消えた。

＊

ドシンと鈍い音がしたあと、しばし、息苦しいほどの静寂があった。

突然、通りで、

「ひやー」

と、悲鳴があがった。

それをきっかけにしたように、

「天から人が降ってきた」

「人が屋根から落ちたぞ」

などと口々に叫びながら、通行人がドッと集まってくる様子である。

窓から外の通りを見おろすと、道に有道院が倒れていた。

野次馬が遠巻きにして、あお向けに倒れた有道院を気味悪そうにながめている。

誰もそばに近寄ろうとはしない。なかには、しきりに兵庫屋の二階を見あげている者もいた。

「死んだのでしょうか」

庄兵衛は俺に寄り添うようにして立ち、不安そうに窓から外を見おろしていた。

唇がわなわなとふるえている。

顔色は紙のように白かった。

「死にはしまいよ。ただ、気を失っているだけであろう」

俺は受け合ってやった。

妓楼の二階から落ちたくらいで死ぬものか。

打ち所が悪くて死ぬこともあろうが、そのときはそのときで、死体を菰《こも》に包んで三ノ輪の浄閑寺《じょうかんじ》に運び、墓地の穴に投げ込めばよいのだ。

「それより、火は消したのか」

「はい、どうにか消し止めました。少しばかり畳を焦《こ》がしてしまいましたが、大事にはいたりませんでした」

「そうか。まずは、ひと安心だな」

そのとき、息を吹き返した弁蔵が四つんばいになり、こそこそと逃げ出そうとしているのに気づいた。

「おい、待ちやがれ」

思い切り尻を蹴りつけてやった。

弁蔵は「ギャッ」と悲鳴をあげ、あっけなくへたり込んだ。そこを、背後から腕を取り、関節をきめた。ぎりぎりと、ねじあげる。

「痛い、痛い。まいりました。勘弁してください」

「散らかった法具をこのままにしていくつもりか」

「へい。わかりました。片付けます」

「よし。では、すべて片付けよ」

関節技から放免《ほうめん》してやった。

よほど痛かったのであろう、弁蔵は目に涙を浮かべていた。それでも、そばに鉄扇を持った俺が仁王立ちしているため、あわてて散乱した法具を取り集め、笈《おい》に収めていく。

おびえきっているのか、俺がちょっと身動きするたびに、体をピクリと痙攣《けいれん》させていた。いつ鉄扇で殴られるかとビクビクしていた。

有道院と自分の笈にすべてを収納し終えるや、

「終わりました」

と、弁蔵が卑屈《ひくつ》に頭をさげた。

上目遣いにうかがいながら、

「あ、あの。もう、帰ってもよろしいでしょうか」

と、許しを求める。

思いついて、俺は庄兵衛に勧めた。

「この男はさんざん兵庫屋に迷惑をかけた。このまま放免しては、兵庫屋は大損ではないか。いっそ風呂焚きの下男にでもして、二、三年のあいだこき使ってはどうか。もちろん、給金など払う必要はないし、飯も盛りきり一杯でよかろう」

「いえ。滅相《めっそう》もない。このまま退散してもらいましょう」

庄兵衛はあわてて、何度も首を横に振った。

俺は冗談で言ったのだが、本気にしたようだ。

今度は、弁蔵に言ってやった。

「聞いての通りだ。慈悲《じひ》深い旦那でよかったな。きさまをこのまま放免してくれるそうだ」

「へ、へい。ありがとうございます」

「ただし、二度と吉原に足を踏み入れるな。もし、今度きさまを吉原で見かけたら、ただではすませんぞ。そのときこそ、腕をへし折ってやるからな。覚えておけ」

「へい。二度と大門はくぐりません。天地神明にかけて誓います」

「よし、では帰ってよい。表の通りに、有道院が気を失って倒れておる。顔に水でもぶっかけてやれば、すぐに息を吹き返すだろう。ちゃんと連れて帰れよ」

「へい。かしこまりました」

弁蔵はぺこりと頭をさげたあと、ふたつの笈と錫杖を持ってこそこそと座敷から出て行った。

俺と庄兵衛は窓のそばにたたずみ、通りを見おろす。

しばらくして、通りに出てきた弁蔵が有道院のそばにしゃがみ、介抱《かいほう》している。

ようやく有道院が起きあがったが、まだ足元がふらついていた。

野次馬は遠巻きにして見物しているだけで、誰も手を貸そうとはしない。

弁蔵が有道院をささえ、よろよろと歩き出した。

「おい、例の若い者を呼んでくれ」

「伊八《いはち》、伊八」

と、庄兵衛が声をかけた。

すぐに、二十代なかばくらいの男が現われた。

じつは、さきほど庄兵衛に「気の利いた若い者はいるか。ひとり、貸してくれ」と頼んでおいたのだ。

小柄だが身のこなしがすばしっこく、頭の回転も早そうだった。この男であれば大丈夫であろう。

「よし。行き先をつけろ。さほど遠くではないはずだ」

「へい」

軽くうなずいたあと、伊八はすっと消えた。

これから有道院と弁蔵を尾行《びこう》するのだ。

ふたりとも体の節々が痛み、意気も消沈している。歩くのがやっとの状態だ。尾行には気づかないであろう。

（五）

いったん階下におり、衣装を着替えた。

行者から武家の隠居に早替りである。

そのあと座敷に戻ると、まさに宴たけなわだった。

芸者ふたりが三味線を弾き、扇子と手ぬぐいを持った馬骨が潮来節《いなこぶし》を唄いながら踊りを披露していた。

小便にしては長い中座だったはずだが、初瀬はちらと俺のほうを見ただけで、何も言わなかった。心から宴席を楽しんでいるようである。

廊下を、若い者がカチ、カチと拍子木を打ち鳴らしながら、

「五ツ（午後八時ころ）でござい」

と、告げてまわる。

その拍子木を聞いて、初瀬が驚いて言った。

「おや、もう、そんな時刻ですか。これは大変。そろそろ帰らなくては」

「まだ、よいではありませんか。吉原がにぎやかになるのは、これからですぞ」

「いえ、そんなわけにはまいりません。川向こうの向島まで帰らなくてはならないの

ですから」

「そうですな。悪留めするわけにもいきませんな」

俺はちょっと困った。

本当なら渓声庵まで送り届けるべきであろうが、有道院を尾行している若い者がいつ戻ってくるかわからない。それを待たないで俺が去るわけにはいかなかった。有道院の一件はまだ決着していないのだ。

「ただし、拙者はちと所用があり、すぐにはここを出るわけにはいきません。いえ、女郎買いではありませんぞ」

あわてて付け加えた。

そのとってつけたような弁解に、一座がドッと沸《わ》いた。

冷や汗が出る。

初瀬はけろりとしていた。

「かまいませんよ。お岸と久兵衛が供にいますから」

「いえ、夜ですから、ふたりだけでは心もとないですな。

おい、馬骨、きさま、お供をしろ。向島の牛の御前の近くだ」

「へい。あたしでよろしければ、喜んでお供をさせていただきやす。あたしがついていれば、鬼が出ようが、狼《おおかみ》が出ようが、もう安心でごぜいやす」

馬骨が扇子で自分のひたいをたたき、派手な音を立てた。

今度は、座敷に顔を出した庄兵衛に頼んだ。

「お帰りになるが、拙者は一緒に行くわけにはいかぬ。すまんが、供に若い者をふたりばかり出してくれ。屈強《くっきょう》な男を頼むぞ。弓矢鉄砲とまではいかなくても、六尺棒か鳶口《とびぐち》を持たせろ」

「はい、かしこまりました」

庄兵衛もこころよく承知した。

初瀬が苦笑した。

「そんな大げさなことをしていただく必要はございません。あたくしどもだけで帰ります」

「いえ、馬骨と若い者ふたりを供につけましょう」

押し返すように言ったあと、馬骨に命じた。

「大門を出たところで、駕籠を雇って山谷堀まで行け。山谷堀に着いたら、船宿で屋根舟を雇って向島まで行け。よいな」

「へい、委細、呑みこみやした」

これで、俺も安堵した。

久兵衛も含め、男四人が供をしていれば安心であろう。

初瀬とお岸が腰をあげた。それに合わせて、花魁の滝川ら全員が立ちあがった。階段下まで見送るためである。

すっとそばに来て、初瀬が言った。

「おかげで、楽しい宵《よい》でございました」

「そう言っていただけると、拙者としてもご案内した甲斐《かい》がありますな」

「ところで、あす、兄には伝えておきます」

「なんのことですかな」

「兵庫屋の一件について、面番所の役人があれこれと口出しをしないよう、釘《くぎ》を刺しておきましょう」

「えっ」

思わず俺は絶句した。

もちろん、初瀬がくわしい事情を知っているはずはない。しかし、俺が吉原案内に乗じて兵庫屋で悶着《もんちゃく》の始末をつけていることを、初瀬はちゃんと読んでいたのだ。

騒ぎに面番所の同心が乗り出してこないよう、兄の遠山金四郎に話をつけ、裏で手を打っておくということだった。つまりは、俺や兵庫屋が町奉行所の咎《とが》めを受けることのないよう、根まわしをしておくというのだ。

それにしても、恐るべき洞察力である。久兵衛に行者の衣装や法具を収めた風呂敷包みを持たせたときから、すでに一石二鳥をたくらんでいることを見抜いていたのかもしれない。

俺は呆然《ぼうぜん》としてしまった。

「あまりに楽しいのでついつい時を忘れ、すっかりおそくなってしまいました」

あとは、なにごともなかったかのように、初瀬が階段をおりる。

楼主の庄兵衛と女房、花魁の滝川や振袖新造、禿、遣手、若い者、芸者、それに俺が板敷きに勢揃いして、初瀬の一行を見送った。

「また、お近いうちに」

土間で、若い者がいつもの挨拶をした。

しかし、初瀬が二度と吉原に足を踏み入れることはあるまい。

一行の姿が見えなくなったあと、俺は、

「フーッ、帰ったか」

と、大きなため息をつくや、板敷きの上に座り込んでしまった。

すべて読まれていたのか。

そう考えると、一種の虚脱感に襲われた。

＊

いったんは気が抜けたようになったが、内所で高杯に盛られた菓子をムシャムシャ食べているうち、徐々に元気を取り戻した。やはり、甘いものはよい。

「早く戻ってこないかな。できれば、今夜中に決着をつけたい」

尾行している若い者の帰還が待ちきれない。

さきほどは刀を抜くこともなく終わった。まだ力があり余っている。刀を振りまわしたくて、ウズウズする気分だった。

長火鉢をへだて、楼主の庄兵衛が座っている。

「さようでございますな」

落ち着かないのか、しきりに茶を飲んでいた。

内所の刀架《か》には、俺がさきほどあずけた両刀が架かっている。

庄兵衛が座った背後の壁には縁起棚がもうけられ、男根の形をした金精神《こんせいしん》が祀られていた。

金精神を見るたびに愉快になる。そそり立った男の陰茎を拝んで商売繁盛を祈願するのだから、臆面《おくめん》もないといおうか、滑稽《こっけい》といおうか。

ふと、初瀬から講釈を受けた立川流を思い出した。

和合水を塗りたくった髑髏を祀り、男女交合の姿を描いた曼荼羅をかかげる立川流も、男根を崇拝する吉原の妓楼もけっきょく同じなのではなかろうか。しかし、ちょっと違う気もする。考えているうち、面倒臭くなってきた。今度、初瀬か男谷精一郎に質問してみよう。きっと、俺にも理解できるように説明してくれるであろう。

「伊八が帰ってきましたぞ」

庄兵衛が入口を見て言った。

内所からは妓楼の一階がすべて見通せるのだ。入口をはいってくる人物は、すぐに楼主の目に留まる。

さきほどの若い者が内所にやってくるや、一礼して座った。

顔に汗がにじみ、天井から吊《つ》るした八間の明りを受けて、てらてら光っていた。かなり早足で歩いてきたらしい。息も、やや荒かった。

「勝さま、旦那さん、おそくなりやした」

「わかったか」

「へい、突き止めやした。やはり千住宿でした」

「そうか、よくやった。まあ、一杯やれ」

庄兵衛が手を鳴らして台所の下女を呼び、酒を持参するよう命じた。

台所は土間の奥にあり、内所からは見渡せる。竈《かまど》の上の大鍋からは湯気があがっていた。

竈近くの柱には「火の用心」の札が貼《は》られている。柱の上部には、竈の神である「荒神《こうじん》」が祭られていた。

すぐに、下女が湯飲茶碗になみなみと酒を入れて持ってきた。

伊八は茶碗の冷や酒をあおったあと、フーッと息を吐いて、手の甲で唇をぬぐった。よほど喉が渇いていたのであろう、目を細めている。

「生き返った気がしやす」

と、座り直した。

ひと息入れたのを見て、俺が言った。

「よし、始めから話してみろ」

「へい。よろけそうになる有道院を弁蔵が脇からささえ、ようよう大門までは歩いて行ったのですが、そこで力つきたといいましょうか。それに、笈も錫杖もふたつありますからね。歩くのはとても無理と思ったのでしょう。大門を出たところで駕籠を一丁雇い、有道院が乗りました。弁蔵は歩いて従います。駕籠という大きな目印があるので、見失う怖れはありません。つけるのはわりと簡単でした。

千住大橋を渡ってしばらく進み、千住宿にはいったところで、街道から右に折れました。田んぼ道をしばらくいったところにある一軒家です。ふたりはそこにはいりました」

「どういう家か」

「暗いのでよくわからなかったのですが、普通の百姓家のようでした。ただ、月明りでながめたところ、玄関に注連縄《しめなわ》が張ってありやした」

「そうか、よく気づいたな」

俺は伊八の観察眼に感心した。

入口に注連縄を張るのは、修験者などの住居の特徴である。有道院の住居に間違いあるまい。

「ほかに、誰かいたか」

「あたりが暗いのをさいわい、あたしはできるだけ近づいて目を凝《こ》らし、聞き耳を立てていたのですがね。有道院が駕籠からよろめき出るのを見て、玄関から数人が出てきて、

『いったい、どうしたのです』

と、大騒ぎです。

みな、弟子のようでしたが、そのうちのひとりが、なんと……」

伊八はひと息入れ、庄兵衛のほうを見た。

「前の旦那さんでした」

「兄がいたのか」

「へい、間違いありやせん」

やはり六右衛門は有道院のもとにひそんでいたのだ。

これではっきりした。六右衛門は楼主に復帰した暁《あかつき》には、有道院に多額の謝礼をする約束をしたのであろう。それを受けて、有道院と弁蔵が兵庫屋に押しかけてきたのだ。

すがるような視線で、庄兵衛がこちらを見つめてくる。

「どうしたらよろしいでしょうか」

「俺にしても乗りかかった舟だ。ここで手を引くのも心残りだからな。これから千住まで行こうじゃないか。ぐずぐずしていると、六右衛門は姿を隠すかもしれないぞ」

「はい。お願いいたします。もちろん、あたくしもご一緒します」

おい、ご苦労だが、もう一度、千住まで行ってくれ」

庄兵衛が伊八に道案内を命じた。

（六）

大門を出たところで、駕籠を三丁雇った。

乗り込むのは俺と庄兵衛、伊八の三人である。

「千住までやっておくれ。酒手ははずむよ。急いでおくれ」

と庄兵衛が言ったため、人足は張り切っていた。

「ほい、かご、ほい、かご」

人足が景気のよい掛け声をかけ、三丁の駕籠は暗い日本堤を三ノ輪の方向に進んだ。

やがて、日本堤は下谷通りに突き当たる。そこで右に折れ、そのまま進んで日光街道に合流した。

日光街道をしばらく行くと、戸田川がある。隅田川の上流部は、このあたりでは戸田川と呼ばれていた。

千住大橋を渡って戸田川を越えた。暗いため、川の流れは見えないが、眼下を灯が流れていくのは荷舟などの舳先《へさき》にともした提灯であろう。

しだいに街道が明るくなった。千住宿の中心部に達したのだ。駕籠のなかで揺られていても、宿場のにぎわいが肌で感じられる。

もっとも、宿場のにぎわいといっても、夜がふけているだけに旅人の往来や荷物の運搬の喧騒《けんそう》ではない。女郎屋のにぎわいだ。あちこちから、三味線の音色も響いてくる。

千住宿は千住女郎で有名だ。街道の両側にずらりと旅籠屋が軒を並べているが、そのほとんどはいわゆる飯盛旅籠屋《めしもりはたごや》で、事実上の女郎屋である。

道中奉行から千住宿は百五十人まで女郎を置くことを許されていたが、実際にはその数倍の女郎がいるのは公然の秘密だった。旅人だけでなく、江戸の男が千住まで女郎買いに足をのばすことも多い。たまには場所を変え、異なった興趣を味わおうというわけだ。

千住の女郎屋は張見世をしている。

格子の内側に、燭台《しょくだい》の蠟燭《ろうそく》に照らされた女郎の顔がぼんやりと浮かびあがっていた。吉原の妓楼の張見世にくらべると、清掻が鳴り響いていないせいもあって、なんとなく裏寂《うらさび》れて見えた。

「へい、旦那、つきやしたぜ」

人足が声をかけながら、履物を地面にそろえた。

駕籠が止ったのは、街道の右側にある女郎屋の前だった。道をへだてて、荒物屋があった。伊八は自分が女郎屋の若い者だけに、目印にはやはり同業の女郎屋をえらび、覚えていたようだ。

駕籠から出ると、俺は腰に大刀を差した。

勘違いしたらしい女郎屋の若い者が暖簾をかきわけ、街道に飛び出してきた。

「いらっしゃりませ。お三人さんですかい」

「違う、違う」

伊八が手を振り、まとわりつく若い者を追い払った。

その仕草に、どことなく横柄《おうへい》さがある。やはり吉原の若い者だけに、宿場の女郎屋の若い者に対しては優越感を持っているに違いない。

女郎のほうがもっと露骨だ。なかには、「わっちは吉原の女郎でありいす。岡場所や宿場の女郎ではありいせん」と啖呵《たんか》を切る女もいるくらいだからな。

吉原も岡場所も宿場も、その女郎のほとんどはもとをたたせば貧農や、裏長屋に住む貧乏人の娘ではないか。生活苦から、親が娘を売ったのだ。その女郎がおたがいに威張ったり、見下したりしている。妙なものだぜ。

庄兵衛が駕籠賃に酒手を足した額を人足に支払った。その額は予想以上だったのか、人足たちはみな上機嫌だった。

提灯に火をともしたあと、

「こちらです」

と、伊八が先に立って歩き出した。

女郎屋の隣は蠟燭屋だった。その先には髪結床《かみゆいどこ》がある。蠟燭屋と髪結床のあいだに、右手にはいっていく横丁があった。

横丁をしばらく進むと人家が途切れて、田んぼ道になった。夜になってから空が晴れたため月明りと星明りはあるが、足元は真っ暗である。伊八がさげた提灯だけが頼りだった。

「おい、まわりは田んぼだけじゃないか。本当にこの道でよいのか」

つい、俺も口調が尖《とが》る。

自信たっぷりに伊八が答えた。

「へい。間違いございやせん」

「ともかく、肥溜《こえだめ》に落ちるのだけはご免こうむるぞ」

「へへ、気をつけやしょう」

「考えてみると、このあたりの肥溜にたまっている下肥は吉原のものかもしれんな」

「そうかもしれません。千住あたりの百姓も吉原に汲み取りに来ていますからね。あっしも、もとは千住の近くの百姓の小倅《こせがれ》でしてね」

「ほう、この近くの出か。もし在所にとどまっておれば、きさまも吉原で下肥を汲み取っていたかもしれぬ。ところが、いまは逆に吉原で下肥を出す身ではないか。大きな違いだな」

「ハハハ、たしかに大きな違いでやすね」

いっぽう、庄兵衛は黙りこくっていた。緊張が高まっているようだ。

左右の田んぼから、虫や蛙の鳴き声が聞こえてくる。

夜風が吹き渡って涼しいが、小さな虫が顔や首筋にまとわりついてきた。

稲荷社らしい木立を過ぎると、前途に、ポツンと明りがともっているのが見えた。

「あそこです」

伊八が立ち止まった。

その場で、しばらく様子をうかがう。

（七）

「提灯は消せ。こちらが近づくのを悟《さと》られてはならん。それに、闇に目を慣らしておいたほうがよいからな」

俺の指示を受け、伊八が提灯の火を吹き消した。

「拙者は六右衛門の顔を知らぬ。教えてくれよ」

「へい」

と、伊八はすぐに返事をしたが、庄兵衛は、

「あたくしは、できることなら、じかに顔を合わせないほうが……。いや、きちんと話をすればわかるのではないかと思うのですが」

と、この場におよんでためらっている。

いざとなると、骨肉の争いに気持ちが乱れていた。

ここまできたら、そんなことにかまってはいられない。俺は庄兵衛の世迷《よまよ》いごとにはいっさい耳を貸さず、

「さあ、行くぞ」

と、歩き出した。

とはいえ、颯爽《さっそう》とはいかない。足元をたしかめながら、慎重に進んだ。へたをすると、それこそ足を踏みはずして肥溜に落ちかねないからな。

とくに塀も門もない。田んぼ道がそのまま前庭に続いていた。

前庭の隅に月明りを受けて黒々と浮かびあがっているのは、物置小屋や外便所だった。

物置小屋のそばに薪《まき》が積んであるのが見えた。

手ごろな薪を二本拾い、

「いざというときは、これで殴りつけろ」

と、ふたりに手渡した。

いちおう渡したが、どうせ庄兵衛は使い物になるまい。伊八は農村出身だけに骨がありそうだ。けっこう役に立つであろう。

「殴るときは手加減するなよ。思い切りぶちのめせ。ためらって中途半端なことをすると、逆にやられるぞ」

と、檄《げき》を飛ばした。

母屋は茅葺きの平屋だった。

前庭から見て左手に注連縄を張った玄関があり、右手に大戸がある。玄関をはいると祈禱場で、大戸の内側が土間であろう。もともとは百姓家を修験者の住居に転用しただけに、十万坪の祈禱所と配置はよく似ていた。

玄関は真っ暗だが、大戸の節穴からは灯が漏れていた。

祈禱場のほうは無人で、土間に面した座敷に人が集まっているらしい。囲炉裏を囲んで今後の相談でもしているのであろう。

ちょっと考え、ここは機転を利《き》かせることにした。

「おい、耳を貸せ」

と、作戦をささやいた。

「えっ、お上の御用といつわるのですかい」

伊八は驚いている。

作戦は問屋場《といやば》を騙《かた》るというものだ。問屋場は各宿場に置かれている。人馬の継立《つぎたて》をおこなう役所で、宿役人が常勤していた。

夜中、代官所の役人や八州廻《はっしゅうまわ》りと名乗れば相手も恐怖に駆られて逃げ出すかもしれないが、問屋場といえば疑心暗鬼で出てくるであろうというのが、俺の計算だった。

「かまうものか。嘘も方便だ。いや、これこそ兵法《ひょうほう》じゃ」

「へい、わかりやした」

呼吸をととのえたあと、伊八が大戸をドンドンとたたいた。

「問屋場の者じゃ。ここをあけい。お上の御用じゃ。ここをあけい」

「へい、お待ちを」

なかで、返事がした。

大戸の片隅にもうけられている潜《くぐ》り戸があいた。

男が体をかがめ、潜り戸から顔を出した。

その襟首をつかんで、俺がグイと引っ張る。男の上半身が潜り戸から引きずり出されたところを、伊八が薪で腰のあたりを殴りつけた。

「うっ」と、うめいて、男が突っ伏す。

その背中を、俺がドスと踏んづけてやった。

大刀を抜き放ち、剣先をまず潜り戸に突っ込んで牽制《けんせい》した。そのあと、上体をかがめ、すばやく潜り戸からなかに飛び込んだ。

広い土間があった。竈がもうけられ、奥に台所があり、裏口に通じていた。

土間からあがった左側が、板敷きの座敷になっていた。囲炉裏に薪がくべられ、赤い炎が揺れている。

囲炉裏を囲んで、四、五人の男がいた。

そばに布団が敷かれ、有道院が力なく横たわっていた。兵庫屋の二階から放り出されたときの打撲で全身が痛み、足腰が立たないのであろう。

「あっ、あの男だ」

叫んだのは弁蔵だった。

不意を突かれ、いったんは逃げ腰になっていた連中だが、侵入したのがひとりと知って、急に強気になった。

数を頼んで反撃に出ようとする。

「やっちまえ」

と、てんでに道中差を手に取った。

道中差を持っているところから見ても、たんなる修験者ではない。千住宿に巣食うやくざ者である。となれば、遠慮はいらない。

相手は大勢とはいっても、しょせん烏合《うごう》の衆だ。ただ、烏合の衆でも、勢いづくと手ごわい。先手を取って敵を分断し、追い散らすにかぎる。これが喧嘩の極意だ。

俺は履物のまま、土間から板敷きの座敷に跳びあがった。

「どいつもこいつも、たたき斬ってやるぞぉ。うおぉー」

と、咆哮《ほうこう》を発し、刀を滅茶苦茶に振りまわしながら暴れ込む。

百姓家の天井は高いから、思い切り振りまわしても剣先がつかえることはない。

まずは、自在鉤《じざいかぎ》の縄を断ち切ってやった。

汁などを温めていた鍋が囲炉裏の火の上に落ちた。ジューッとすさまじい音を発して、灰神楽《はいかぐら》が舞う。

「うわぁー」

と、連中が動揺する。

まずは、敵の勢いを殺《そ》いだ。

もう、こっちのものだ。

ひとりが道中差を構えていた。その刀身の峰《みね》を、大刀で思い切りたたきつけた。

ボキッと、道中差の刀身がなかほどであっけなく折れた。日本刀は峰への打撃に弱い。峰は、弁慶の泣き所ならぬ、日本刀の泣き所だ。俺は刀剣の目利をしているだけに、そのへんは承知している。

男は折れた刀を見て、呆然としている。そこを、剣先で右の二の腕を切り裂いてやった。

もうひとりが、

「この野郎ーッ」

と、道中差で斬り込んできた。

いったん刀で受け止めておいて、すっと半身をそらしながら、左手で背中を突き飛ばした。

勢いあまって、男は黒光りする大黒柱にまともに顔面を打ちつけた。グシャッと野菜が潰《つぶ》れるような音がした。その場にズルズルとくずおれ、昏倒《こんとう》した。

あとはもう、右往左往する連中を追いまわし、腕や手に斬りつけてやった。できるだけ、急所をはずしたつもりだ。それでも、肉が裂け、鮮血が飛び散る。

みな、手にしていた道中差を落とし、ひたすら逃げ惑う。弁蔵は恐怖に駆られ、泣き叫んでいた。

大戸のあたりで、「ギャッ」、「ギャッ」という悲鳴があがる。

潜り戸から逃げようとする連中を、外で待ち受けた伊八が薪で殴りつけているようだ。腰をかがめて抜け出ようとするところを狙うのだから、簡単に仕留《しと》められる。伊八はおもしろくてたまるまいよ。そばで、薪を持った庄兵衛はふるえているであろう。

それまで布団の上で寝ていた有道院もあわてふためき、はって逃げようとしている。

俺はその尻を踏んづけてやった。

「ひえッ」

有道院が情けない悲鳴をあげた。

初老の男が片隅でふるえていた。細長い顔で、鼻が高い。大きな口と薄い唇がどことなく好色そうだった。瘦《や》せ型で、背が高い。容貌はあまり似ていないが、庄兵衛の兄の六右衛門に違いあるまい。情欲を抑えきれず、抱え遊女に手を出してしまった男である。

「きさま、六右衛門だな」

男は首を小刻《こきざ》みに横に振った。

全身がガタガタふるえている。必死に本人であることを否定していた。うっかり認めると、殺されると思っているようだ。

俺は家のなかを見まわし、もう抵抗する者はいないと判断したので、外のふたりを呼んだ。

「おい、カタがついたぞ。はいってこい。首実検をするぞ」

＊

まず、伊八が潜り戸をくぐってはいってきた。

そのあとに、おずおずと庄兵衛が続く。伊八の背中に隠れるようにして、顔も伏せていた。

ふたりと入れ代わるように、どうにか息を吹き返した連中がこそこそと逃げていく。

もう、放っておいた。

「おい、この男が六右衛門か」

俺の問いに答えて、

「へい。前の旦那さんでごぜいやす」

と、伊八がきっぱり認めた。

庄兵衛は黙ってうつむいている。

これからどうすべきか、俺も少し迷った。

六右衛門をにらみつけながら言った。

「しらばくれやがって、ふてえ野郎だ。どうしてやろうか」

そのとき、目の端が部屋の隅に置いてある荒縄をとらえた。

名案が浮かんだ。

縄を利用することにした。

見あげると、天井には板は張られておらず、太く曲がった梁《はり》が縦横に組み合わされている。一部では組み合わされた梁に竹簀子《たけすのこ》を張って筵《むしろ》を敷き、物置にしていた。

ともかく、梁がむき出しになっているのはじつに好都合だ。

「こうなったら、てめえは首を吊るしかあるまい。手伝ってやるぜ」

俺は縄を拾いあげ、いっぽうの端を六右衛門の首に巻いた。

もういっぽうの端を持ち、伊八と庄兵衛をうながした。

「縄をあの梁にかけろ。三人がかりで引っ張れば、六右衛門の体もぶらさがるだろうよ」

ふたりとも、さすがに縄に手をのばそうとはしない。

こわばった顔で立ちつくしている。

「なにをためらっている。ひと思いに、吊るしてしまえ」

と声を荒らげ、強引にふたりの手に縄を押しつけた。

ことの成り行きに、六右衛門は顔面蒼白だった。眼球が飛び出しそうなくらいに目を剝いている。

その場にひれ伏すや、ひたいを床にすりつけ、

「お許しください。命ばかりはお助けを。どうか、お許しください」

と、両手を合わせて拝《おが》んだ。

声は涙でうるんでいた。

その命乞いを受けて、俺が言った。

「そうか。そんなに助けてほしいか」

「は、はい。今回のことは幾重《いくえ》にもお詫びいたします。あたくしが愚かでございました。今後、けっして兵庫屋の邪魔をするようなことはいたしません」

「拙者も鬼ではない。それなりに情けもある。では、梁から吊るすのは勘弁《かんべん》してやる代わりに、ちゃんと詫び証文を書くか」

「はい。書きます」

「隠居して、正式に兵庫屋を庄兵衛に譲《ゆず》るか」

「はい、譲ります」

「よし、ではその旨《むね》の証文を書け」

俺は庄兵衛をかえりみて、顎《あご》で合図をした。

用意してきた矢立《やたて》と紙をふところから取り出し、庄兵衛が伊八に渡した。自分が直接兄に渡すのは心が痛むようだ。

伊八が仲介をして、

「どうぞ。これをお使いください」

と、矢立と紙を六右衛門の前に置いた。

庄兵衛も伊八もいままでは、俺が縊死《いし》させようとしたのはあくまではったりだったと理解していた。

だが、前楼主のみじめな姿を見ていると、俺の非情な仕打ちに嫌悪感を覚えたようだ。弱い者いじめに映ったのかもしれないな。なんとも不快な、忌《い》まわしそうな表情をしている。けっして俺と目を合わせようとしない。

勝手なやつらだ。

俺はだんだん腹が立ってきた。「じゃあ、最初から、てめえらだけで解決すればよかったろうよ」と怒鳴りつけたくなったが、かろうじて怒りを抑えた。

六右衛門は首に縄を巻きつけたまま、証文を書いた。最後に、ふところから印形を取り出し、捺印《なついん》した。

伊八の仲介で証文を受け取った庄兵衛は、どうにか消え残った囲炉裏《いろり》の炎に照らして文面を読んでいる。読み終えるや、軽くうなずき、丁寧にたたんでふところに収めた。満足のいくものだったようだ。

様子を見て、俺は、

「これで、よいのだな。一件落着だな」

と、庄兵衛に念を押した。

「はい。この証文があれば、もういっさい後腐《あとくさ》れはございません」

今度は、六右衛門に言ってやった。

「てめえは、今度こそ本当に出家をするんだな」

「はい、恐れ入ります」

「では、引きあげるぞ」

俺が庄兵衛と伊八をうながした。

「ちょっと待ってください」

それまで兄とは距離を置いていた庄兵衛が、俺をとどめるや、六右衛門のそばに歩み寄った。

「これは、あたしのせめてもの気持ちです。なにかの足しにしてください」

紙包みを膝の前に置いた。
五、六両ははいっていそうだ。
「すまねえ」

「こういうことになって、あたしも心苦しいのです」

「すべて、俺の身から出た錆《さび》よ」

「あたしも、兄さんの身が立つようにしてやりたい気持ちは山々なのですが、余裕がないのです。積もり積もった借金をどうにかしないことには、このままでは兵庫屋は潰《つぶ》れます。あたしも必死なのですよ。わかってください」

「おめえに、俺の不始末の尻拭《しりぬぐ》いをさせるなぁ。すまない」

「血を分けた兄弟ではありませんか」

「女房と子供のことは頼むぜ」

ふたりは涙にむせんでいる。

うるわしい兄弟愛というやつだ。

俺は愁嘆場《しゅうたんば》は苦手だ。それに、ふたりが涙ながらに語り合っているのを聞いていると、なんだか自分が血も涙もない凶悪な人間のような気がしてきた。あまり居心地がよくない。というより、馬鹿馬鹿しくなってきた。

「さきに出ているぜ」

と言い捨て、潜り戸から外に出た。

月明りに照らされた前庭には、人っ子ひとりいない。有道院や弁蔵以下、みな逃げ去ったようだ。

暗闇のなかから、かぼそい虫の鳴き声が聞こえてくる。

なんとなく後味が悪かった。

骨肉の争いなんぞに首を突っ込むものではないと、しみじみ思った。

（八）

すべてが終わり、千住宿で三丁の駕籠を雇って帰ることになった。本所入江町に着くころには夜が明けるであろう。

庄兵衛が勧めた。

「これから本所までお帰りになるのは大変でございます。今夜は、あたくしどもにお泊りになりませんか」

さらに、ことばを継いだ。

「さぞお疲れでございましょう。滝川に足腰などをさすらせましょう」

もちろん、足腰をさすらせるというのは婉曲《えんきょく》表現で、滝川と同衾《どうきん》させるという意味である。

それを聞いて、食指が動いた。

考えてみると、そもそも俺は滝川を買い、花魁道中までさせたのではなかったか。たまたま初瀬が一緒だったために宴席だけで終え、同衾はしなかったに過ぎない。

当然、俺は滝川と寝ていいはずではないか。それに、なんといっても滝川は兵庫屋の最高位の昼三だからな。

俄然、勇躍してくるものがある。

さきほどの、骨肉の争いに巻き込まれた屈託《くったく》もたちまち晴れた。

俺は重々しく、

「うむ、そうだな。では、滝川に腰でも揉ませるか」

と、兵庫屋に泊まることに同意した。

もちろん、腰でも揉ませるというのも婉曲表現である。

「では、そういたしましょう」

庄兵衛としては、せめてもの謝礼のつもりであろう。

伊八は張り切っている。

「へい、承知しやした」

もし滝川に客がついていたら理由をつけて呼び出すなど、若い者の腕のみせどころというわけだ。

駕籠に乗り込み、吉原を目指す。

揺られているうち、しだいに眠くなってきた。疲労困憊《こんぱい》していたのであろう。深いところに吸い込まれていくような、どうにも抗しきれない眠気である。うっかりすると、駕籠から転げ落ちそうだった。時々、ハッとして体をささえた。

大門の前で駕籠をおりた。

次々と大門を出てくる男たちとすれ違う。朝帰りの客だ。妓楼に泊まった客は夜明け前に起き出し、帰途につくことが多い。日本堤を歩いているうち、白々と夜が明けるというやつだ。

江戸町一丁目の兵庫屋に着いたとき、浅草寺の明六ツの鐘が鳴った。

まだ表戸は閉じられているため、潜り戸からなかにはいる。

階段下では女郎が、

「また、おいでなんし」

と、客を見送っていた。

後朝《きぬぎぬ》の別れである。客と後朝の別れをしたあと、女郎は二度寝の床につく。

伊八が言った。

「さっそく花魁の座敷にお床を用意しますんで」

滝川は昼三だけに、日常生活をする個室とは別に客を迎える座敷もあたえられている。その座敷に寝床を準備するというのだ。

ところが、俺は無性に眠たい。全身が蛸《たこ》のようにぐにゃぐにゃで、頭のなかには濃い霧が立ち込めているかのようだ。階段下の板敷きでもいいから、このままごろりと犬のように横になって寝てしまいたいくらいだった。もう、滝川なんぞどうでもよくなってきた。

それに、先日の小松屋の苦い経験もある。せっかく玉垣と同衾しながら、眠りこけて何もしなかったのだからな。今回も滝川と同衾しながら、鼾《いびき》をかいていただけとなっては面目丸潰れではないか。もう役に立たない男という評判が広まりかねない。これは、最初から辞退するにこしたことはなかろう。

「もう、面倒だ。どこでもよいから、ひとりきりになれるところで寝かせてくれ。眠くってかなわぬ」

「本当にそれでよろしいんですかい」

伊八は怪訝《けげん》そうである。

負け惜しみを言ってやった。

「滝川も客と後朝の別れをして、これからひとりで寝直すところであろうよ。かわいそうではないか。まあ、ゆっくり寝かせてやれ。拙者は無粋なことは言わぬ」

「ありがとうございます。花魁になり代わり、あたしからもお礼を述べます。では、宴席の座敷があいていますので、そこにしやしょう」

すでに明るい日が差し込んでいる宴会用の座敷に案内された。二十畳くらいはある座敷の中央にポツンと布団を敷き、周囲を屛風で囲った。

「では、ごゆっくり」

と、伊八が去る。

枕に頭をつけた途端、俺は前後不覚に寝入ってしまった。

＊

ようやく目が覚めたのは、四ツ（午前十時ころ）過ぎだった。二度寝の床についた女郎がそろそろ起き出す時刻だ。

これでは、俺も女郎並みの起床である。

女郎たちはこれから風呂にはいり、朝飯を食べ、化粧をしたり髪を結ったりする。昼見世が始まるまでは、自由な時間でもあった。

屏風に囲まれた寝床で、天井をながめながら、

「俺も歳《とし》だなぁ」

と、つくづく思った。

小松屋の玉垣、兵庫屋の滝川と二度も機会がありながら、眠気に負けてみすみす好機を逸《いっ》したことになる。

悔しいというより、一抹《いちまつ》の寂しさを覚えた。これが、老いというものであろうか。馬齢《ばれい》を重ねてもさほど利口にはならないが、肉体は確実に衰えていく。ガラにもなく、俺はしんみりとなった。

「へへ、お目覚めですか。お早うございます」

屏風をあけて、伊八が顔をのぞかせた。

続いて、禿が洗面や歯磨きの道具を持参する。

「朝飯はどういたしやしょう」

「食わせてくれ」

「へい、では、お持ちします」

しばらくして、伊八が膳を運んできた。

炊き立ての飯に菜っ葉の味噌汁、それに座禅豆だった。俺は「せめて畳鰯《たたみいわし》、海苔、玉子くらいつけろい」と言ってやりたかったが、グッと我慢した。

考えてみると、女郎も同じ朝飯を食っているのだからな。

妓楼の食事は質素だ。羽振りのよい上級女郎ともなると自腹を切って台屋から好みの惣菜《そうざい》を取り寄せることもできるが、下級女郎や禿、それに若い者は出される食事を黙って食べるしかない。

妓楼の奉公人になった気分で、俺は飯を食った。

朝飯を終えると、近くの伏見町の湯屋に行った。

ひと風呂浴びたあと、仲の町の桜井屋に寄った。昨日の支払いのためである。

引手茶屋の案内で大見世に登楼したときは、すべての費用を引手茶屋が立て替える。いわば、引手茶屋の信用で遊興するわけだ。客はあとで、まとめて引手茶屋に支払わねばならない。

桜井屋で清算すると、先日、初瀬から十万坪の謝礼としてもらった五両はきれいになくなった。もう、すっからかんだ。

俺はなんだかおかしくなってきた。

「風呂にはいり、茶屋で支払い、これで身も心もすっきりしたなぁ」

さばさばした気分で兵庫屋に戻った。

これで、すべて決着がついたというわけだ。

帰宅するに際して、内所に顔を出した。

庄兵衛は机に向かって、熱心に帳簿をつけていた。経営の建て直しに懸命なようだ。

顔をあげて俺を見るや、さっそく言った。

「馬骨さんや、うちの若い者から聞きましたが、向島まで無事に送り届けたとのことでございました」

「そうか。ご苦労だった」

ちゃんと初瀬が渓声庵に戻ったのを知って、俺もひと安心した。

「昨夜は、ありがとう存じました。おかげで、これからは心おきなく商売に専念できます」

あらためて千住宿の礼を述べたあと、庄兵衛が紙包みを押し出した。

「まことに些少《さしよう》で、お恥ずかしいのですが」

中身は十両だった。

ちょっと驚いた。

ほんのさきほど、五両を使い果たしたかと思ったら、今度はあらたに十両を手にしたことになる。

俺は藁《わら》しべ長者にでもなった気分だった。

昔話の藁しべ長者は、藁しべ一本から出発して順に高価な物と取り換え、ついには長者になる。俺は五両を十両と交換したようなものだからな。運が向いてきたのかもしれない。なんだか、急に愉快になってきた。

「この伝でいくと、気前よく十両を使うと、二十両になって戻ってくるかもしれぬな」

つい、つぶやいてしまった。

庄兵衛がいぶかしそうに言った。

「は、なにかおっしゃいましたか」

やや、心配そうである。俺が金額に不満を述べたと思ったのかもしれない。

「いや、こっちのことだ。気にするな。では、遠慮なくもらっておくぞ」

十両をふところにねじ込んだ。

内所にあずけていた両刀を受け取り、兵庫屋をあとにする。むろん滝川の見送りはなかった。

（九）

大門を出たあと、日本堤を山谷堀まで歩いた。

初めは山谷堀から猪牙舟を雇うつもりだったが、途中で気が変わり、久しぶりで浅草寺の境内をぶらつくことにした。

相変わらず、多くの人出でにぎわっている。

とくに、観音堂の裏手にあたる奥山は人でごった返していた。

なんせ、奥山は江戸でも屈指《くっし》の盛り場だからな。見世物小屋や講釈場、小料理屋、水茶屋、楊弓場などが建ち並んでいる。手品や独楽《こま》まわし、軽業《かるわざ》や居合抜きなどの大道芸人も多い。

茶屋の女が、

「おあがりなさい。菜飯、田楽、お早うござりやす。お寄んなんし。奥がすいておりやす。お休みなさい」

と、しきりに呼びかけてくる。

別な茶屋でも対抗して、

「お茶あがりませ。団子でも焼きましょうかえ」

と、女が通行人をさそっていた。

いかにも在所から出てきたらしい、旅装束の数人の男が、

「さあ、お女郎見物に行きますべい」

と、勇み立っていた。

浅草の観音さまに参詣したあと、吉原に足をのばして「お女郎見物」をするのは、江戸見物の定番である。もちろん見物だけで、登楼はしない。それでも、在所に帰ったら、「吉原のお女郎は天女のようであったぞ」と大いに自慢するであろう。

講釈場があった。

おやと思い、顔ぶれをながめたが、あいにく知り合いの佐吉はいなかった。別な興行主がやっているのであろう。講釈の人気は高いからな。

木戸番が座った横には銭函《ぜにばこ》が置かれ、上に塩が小さく盛られている。

いましも、客がはいるところだった。

「いらっしゃりまし」

「もう、中入かえ」

「ただいま、前座がすみました」

「ほい、惜しいことをした」

出職の職人のようだった。肩に真新しい手ぬぐいをかけていた。きょうは仕事は休みなのであろう。

むせ返るほどの熱気と活気だ。

「まず第一に用いまするは胡麻《ごま》。胡麻は精根気根を増し、髪の毛のつやを出す」

畳一畳くらいの大きさの台で、男が真鍮《しんちゅう》製の匙《さじ》を使って七色の薬味を調合している。

七色とうがらし売りだ。

「つぎに用いまするは山椒《さんしょう》。山椒は口中を涼しゅうして悪気を消す」

立ち止まり、見物人の後ろでその口上を聞いていると、声をかけてきたものがある。

「勝さま、お久しゅうございます」

あばた面で反っ歯という醜男《ぶおとこ》だが、どことなく愛嬌《あいきょう》がある。

たしか、楊弓場をやっている男だ。もちろん、自分は店には出ない。客の相手をするのは美人の看板娘だ。

「おう、きさまか。元気だったか」

「へい。ちょいと小耳にはさんだところによりますと、三囲さまでタチの悪い連中を懲《こ》らしめたそうでござんすね。さすが、勝さまです」

「なんだ、もう評判になっているのか」

「水戸さまご家来には、あっしらもさんざん泣かされておりましてね。ちょくちょく奥山にも顔を出してくださいな。勝さまが見まわってくれたら、連中も尻尾《しっぽ》を巻いて退散するはずですよ」

「そうだな。体もよくなったし、そろそろ商売を始めようかと思っておる」

懇願《こんがん》されると、悪い気はしない。

一時期は、この奥山も俺が仕切っていたのだからな。そのころは、やくざ者やごろつきは寄せ付けなかったものだ。

奥山をしばらくぶらついたあと、家に帰ることにしたが、いまさら山谷堀まで戻るのは面倒である。

吾妻橋《あづまばし》を渡って隅田川を越え、そのまま歩いて帰ることにした。

橋の上からながめると、早くも屋根舟が多数出ていた。川で涼むという趣向だ。日が暮れると、ますます舟もふえる。こういう涼み舟をあてこみ、西瓜や酒、肴を売る「うろうろ舟」も繰り出し、夜の隅田川の川面はにぎやかになる。

＊

吾妻橋を渡ってぶらぶら歩き、肥前平戸藩松浦《まつら》家の下屋敷の近くにさしかかった。

平戸藩邸を取り囲むようにびっしりと町屋が建て込んでおり、その町屋に割り込むように小さな寺院がいくつかある。人家が密集しているわりには、やや閑静《かんせい》な場所だった。

寺院の塀の横を歩いていると、前途に立ちふさがった人影がある。気配を感じて振り返ると、背後にもひとりいた。ともに深編笠《ふかあみがさ》で面体《めんてい》を隠した武士である。

ふたりとも、すでに左手で腰の刀の鞘を握り、鯉口《こいぐち》を切っていた。殺気を放っている。

「拙者は本所の勝小吉だ。人違いではあるまいな」

と、いちおう念を押した。

ふたりは返事の代わりに、ギラリと刀を抜いた。

前と後ろから相呼応して襲うつもりのようだ。

そうはさせない。

俺は寺院の塀に背中を近づけ、刀を抜いて応じた。たとえ相手がふたりでもさほど恐くはないが、背後から斬りつけられては防ぎようがない。背中に目はついていないからな。

前後から斬り込むのは失敗したものの、ふたりは左右からじりじりと接近してくる。

そのときには、もう俺にはふたりが誰だかわかっていた。

三囲稲荷社でぶちのめした水戸藩士に違いあるまい。ついさきほど、奥山で水戸藩士のことが話題になったばかりである。噂をすれば影がさすとはこのことであろうよ。

おそらく、「このままでは武士の名折《なお》れじゃ。不意を突かれて刀を抜く暇《いとま》もなかったから、ああいう仕儀《しぎ》となった。ふたりがかりで前後から刀で斬り込めば、必ず倒せるぞ」などと、酒でも呑みながら気炎《きえん》をあげ、付け狙っていたのであろう。

つい、「本所の勝小吉だ」と名乗ってしまったからな。

べつに名乗ったことに後悔はない。売られた喧嘩を買うのは俺の流儀《りゅうぎ》だ。体の奥底からゾクゾクしてくる。

まずは、機先を制した。

「まだ懲りぬようだな。三囲の遺恨を本所で晴らすというわけか」

「えっ」

深編笠で表情は見えないが、明らかに動揺している。

俺はおかしくなった。深編笠で顔を隠せば身元はわかるまいと、タカをくっていたのだろうか。

それに、深編笠などをかぶっていたら視界が狭くなり、斬り合いでは不利になるのだが、まったく気づいていない。喧嘩の稽古をしていない証拠だ。俺もわざわざ教えてやるつもりはない。

機先を制してふたりの連携《れんけい》をかき乱したところで、

「おりゃー」

と、いきなり右側の男に斬りつけてやった。

相手は、あわてて刀をあげて防ぐ。

右側を攻めたのは陽動だった。俺はツツと左側の男に向かって走った。

左側も動揺からようやく立ち直り、敢然《かんぜん》と斬りこんで来る。

刃と刃が激突し、キーンと鳴った。

つぎの瞬間、相手の刀はグニャリと湾曲《わんきょく》していた。激突の衝撃に耐えられなかったのだ。

当世の武士の差料《さしりょう》は細身で軽く、華奢《きゃしゃ》な刀が主流である。武器というよりも、腰に差す工芸品だ。俺の肉厚で頑丈な刀とまともに撃ち合っては、ひとたまりもあるものか。

すかさず、俺はさきほど牽制《けんせい》した男に剣先を向けた。

男は刀を大上段に振りかぶり、

「うおー」

と、吼《ほ》えながら斬りつけてくる。

俺はスッとさがって引き付けておいてから、刀では受け止めずに身を横にかわした。

ガジッと音がした。

勢いあまって、まともに寺院の築地塀に切りつけてしまったのだ。剣先が欠け、刀身に大きな刃こぼれができた。

呆然としているところを、

「それッ」

と、右腕に軽く斬りつけてやった。剣先でかすった程度だが、着物が裂け、鮮血がツツーと右手の甲にまで流れくだった。

そこに、もういっぽうが猛然と斬りこんできた。その勢いはなかなかのものだが、肝心《かんじん》の剣先がとんでもない方向を向いている。昂奮《こうふん》のあまり、自分の構えた刀が大きく曲がっていることにまだ気づいていなかった。こっちを斬ったつもりが、刃はあっちの方向を斬っていた。

「ほれッ」

今度は、左腕に軽く斬りつけてやった。やはり着物が裂け、血がツツーと左手の甲に流れくだった。

ふたりはもう反撃の気力も失い、身を固くして立ちすくんでいる。

「さあ、どうする」

と、深編笠を順に剣先でつついた。

気圧《けお》されたように、ふたりはずるずると後退した。背中を築地塀にぶつけ、そのまへなへなと尻餅を着いてしまった。肩を寄せ合い、ガタガタふるえている。

その姿を見ると、吹き出してしまった。

「ハハハ、そうやって編笠をかぶって座っているところは、まるで薦被《こもかぶり》じゃねえか。しばらく、そこに座っていな。通行人が哀れんで、一文銭を放ってくれようぜ。そのときはちゃんと、『おありがとうございい』と礼を言いなよ」

さんざん罵倒《ばとう》したあと、最後にとどめとして、ふたりの深編笠にバサリ、バサリと斬りつけてやった。

もちろん、頭を断ち割らないよう手加減をしたが、恐怖でふたりは小便を漏らしたようだ。袴が濡れている。その足元には、湾曲した刀と、刃こぼれした刀が転がっていた。

どっちみち、ふたりの傷はたいしたことはない。手ぬぐいで固く縛って血止めをすれば、命に別状《べつじょう》はあるまい。

パチンと刀を鞘におさめると、俺は悠然《ゆうぜん》と歩き出す。じつにいい気分だ。

いつのまにか、四、五人の野次馬が集まっていた。たちまち、勝小吉が侍ふたりをたたき斬ったという噂が広まるであろう。

歩きながら、ふと思い出した。

「そういえば、俺も乞食をしたことがあったな」

地面にへたり込んだふたりの姿を薦被とからかった。それが遠い記憶をよみがえらせたようだ――。

（十）

十四歳のときだ。

毎日、男谷家の父や兄、勝家の義理の祖母に口やかましく叱《しか》られてばかりで、ちっともおもしろくない。

そこで、

「いっそのこと、上方《かみがた》にでも行こう。男一匹、なにをしても食っていけるだろう」

と、思い立った。

五月の末、父の男谷平蔵の手文庫から七、八両ばかり盗み出して腹に巻きつけ、家出をした。ともかく東海道をずんずん行けば、いずれ上方に着くであろうくらいの気持ちだった。

腰には両刀を差し、いちおうは武士のいでたちである。

その日は品川宿を過ぎて、藤沢宿に泊まった。

翌日、旅籠屋《はたごや》を出て街道を歩いていると、町人のふたり連れが話しかけてきた。

「お侍さん、どちらまで行かれますか」

「あてはないが、上方へ行く」

「わしらも上方まで行くところでしてね。『旅は道づれ世は情け』とか申します。よろしければ、ご一緒しましょう」

連れがあるのは心強い。

俺は一緒に旅することにした。

その晩は、小田原宿に泊まった。

男が言った。

「あすはお関所ですが、手形は持っていますか」

「そんなものは知らぬ」

「では、二百文、お出しなさい。旅籠屋の亭主に話をつけ、手形をもらってさしあげましょう」

そこで二百文を渡すと、手形を融通《ゆうずう》してくれた。おかげで、箱根の関所も無事に越すことができた。俺は関所を越すには手形が必要なことも知らなかったのだからな。

その後も、男たちはいろいろと親切に面倒を見てくれるから、俺もつい心を許してしまった。

浜松宿に泊まったときだ。暑いので、襦袢ひとつで寝た。

翌朝、目が覚めると、枕元に置いた大小の刀、衣類、それに財布もすべてなくなっていた。

旅籠屋の亭主に尋ねると、連れのふたりは「さきに行くから、あとからこい」と言い置いて、とっくに出立したという。

胡麻《ごま》の蝿《はい》にしてやられたのだ。俺は途方に暮れ、泣き出した。やはり、まだ子供だった。

亭主がいたく同情して、柄杓《ひしゃく》を一本くれた。

「これを持って、ご城下や在所を歩き、一文ずつもらってきなされ」

要するに、抜参《ぬけまいり》をよそおって物乞いをしてこいというのだ。

これはあとで知ったのだが、商家の若い奉公人や百姓が主人、村役人、親などの許可を得ないまま飛び出し、伊勢神宮に参宮に行くことを抜参という。無断の出奔《しゅっぽん》だが、伊勢神宮に参拝してきたといえば、帰ってからも罰せられない習慣があった。

そのため、まったくあてのないまま抜参をする者があとを絶たなかった。ろくに金も持たないで伊勢を目指すのだから、当然のことながら途中で食べ物にも窮《きゅう》する。あとは物乞いをするしかない。これを見かねて、街道筋には施しをする人が多かったのだ。

ほかに方法もないので、俺は旅籠屋を出て、柄杓を片手に物乞いをしながらあちこちうろつきまわった。一日歩くと、もらいは米や麦合わせて五升ばかりと、銭百二、三十文になった。

その晩も、亭主はこころよく泊めてくれた。

抜参をよそおって物乞いをすれば生きていけると知ったので、俺も自信がついた。

翌朝、亭主に礼として米と麦三升ばかりと銭五十文をあたえ、その後は物乞いをしながら伊勢まで行った。

あちこちで野宿をしたから、乞食の知己《ちき》も得たし、世話にもなった。もらった米や麦を古徳利に入れ、水を加え、木の枝を燃して粥《かゆ》を作る方法を覚えたのも、乞食の仲間になって暮らしていたときだ。

そのほか、俺が窮乏しているのを見かけて、なにくれと面倒を見てくれた通りすがりの武士や坊主もいた。世の中には好人物もいれば、悪人もいる。乞食の世界も武士の世界も、さほど差はないぜ。

江戸に戻る途中、小田原で漁師に拾われ、しばらく厄介《やつかい》になっていた。舟に乗って海に漁にも出た。

親爺は俺のことが気に入り、

「おらがところの子になれ」

と、養子にしようとした。

俺も心が動いたが、一生を漁師で終わるのは不本意だ。そこで、夜中に着の身着のままで抜け出して、江戸に向かった。

江戸に着いたものの、なんとなく敷居が高くて家には戻りにくい。両国の回向院《えこういん》の墓場で三日ばかり過ごしたあと、ようやく本所亀沢町の屋敷に帰った。

家出してから四ヵ月ぶりだった。

俺の顔を見るや、みな、

「小吉が帰った」

と、大騒ぎをした。

やはり疲れきっていたのであろう。家に戻ってからは、十日ほどのあいだ寝っぱなしだった。

あとで聞くと、俺が出奔したあと、親類一同は心配して加持祈禱を頼んで行方をさぐったり、無事を祈ったりしていたという――。

＊

その後、二十一歳のときにもふたたび出奔したのだから、俺も懲りないというのか、愚かというのか。

俺ほどの馬鹿な者は世の中にもあんまりあるまいと、つくづく思う。

あのころ、俺はいったい何から逃げようとしていたのだろうか。いったい、何をしたかったのだろうか。いったい、何になりたかったのだろうか。自分でも、よくわかっていなかった。

よくわからないのは、いまも同じかもしれない。

この歳になって回想すると、「あのとき、ああしていれば」、「あのとき、人の助言に素直に従っていたらな」と思うことは多い。もしかしたら、まったく別な人生になっていたかもしれない。しかし、いまさら悔やんでも詮無《せんな》いことだ。

それにしても、若いころから、両親、親類、妻子にどれくらい苦労をかけたかしれぬ。他人にも多大な迷惑をかけてきた。多くの人にさんざん世話にもなった。思い返すと、恥ずかしいかぎりだ。

いま、頼まれて他人の難儀《なんぎ》を救っているのが、せめてもの罪滅《つみほろ》ぼしだし、恩返しかもしれないな。

わが家のある岡野の屋敷の門が見えてきた。

門をはいって、わが家に向かう。

「帰ったぞ」

短く言って、玄関からあがった。

風通しのよい座敷で、お信は青白い顔をして臥《ふ》せっていた。

「お帰りなさいませ」

と、布団から起きあがろうとする。

やつれた容貌や、やせ細った体はまるで老婆だ。考えてみると、七歳のときからこの女と一緒に暮らしてきたのだ。

ふと、俺のわがままの最大の犠牲者はお信だったかもしれないと思い至った。夫婦は苦楽を共にすると言うが、俺はすべて苦を女房に押し付けてきたのではなかったか。

胸がキリキリと痛んだ。

「かまわぬ。寝ておれ、寝ておれ」

ぶっきらぼうに言った。なにかいたわりのことばをかけようと思ったが、あとが続かない。

お信のそばに寄り、おはなが髪や着物の乱れを直してやっている。

「そうだ、このところ手元不如意《ふにょい》で苦労をかけたが、ちょいと金がはいった。たまには鰻《うなぎ》でも食うか。元気になるぞ」

自分の思いつきに、ちょっとうれしくなった。

そう言えば、先日、初瀬からもらった金沢丹後の菓子を持って帰ったところ、みな大喜びだった。下男と下女にも分けてやったものだ。そのとき、俺は一緒になって以来、お信のしあわせそうな顔を初めて見た気がした。

さっそく下男の爺ぃに命じて、鰻の蒲焼を注文に行かせる。

「おめえらの分もあるから、六人前だぞ。中串なんぞではなく、大串を頼めよ」

この際、下男と下女にも取ってやることにした。

爺ぃは自分も相伴《しょうばん》にあずかれるとあって、

「へい、では、これから行ってまいります」

と、勇み立って鰻屋に出かけていく。

そのとき、お順がそばに来た。

「さきほど手紙が二通、届きました。ケイセイアンと、男谷の叔父さまからです」

「そうか。うむ」

俺はもったいぶって二通の封書を受け取った。

ケイセイアンとは、渓声庵の初瀬からであろう。

男谷の叔父さまとは、男谷精一郎に違いない。続柄からすれば精一郎とお順はいとこ同士にあたるのだが、四十九歳と十歳では年齢があまりにかけ離れている。お順が精一郎を叔父さまと呼ぶのも無理はない。

初瀬の手紙は下男の久兵衛、精一郎の手紙は内弟子が届けてきたのであろう。

明るい縁側に座ると、まず初瀬の手紙を読んだ。さほどくずしておらず、じつに読みやすい筆跡だった。しかも、平仮名が多い。先日のことを踏まえ、気を使ったようだ。

そこには、
吉原は本当に楽しゅうございました。場所柄、女の身でしゃしゃり出るのもはばかられ、費用は甘えさせていただきました。散財《さんざい》をおかけし、心苦しく存じております。これを契機に、これからも時々、渓声庵に立ち寄ってくださいませ——

という意味のことが書かれていた。

しばし、俺は感慨にふけった。

退屈しのぎになるので、喧嘩の自慢話でも聞かせろということなのだろうか。それとも、別な思惑《おもわく》があるのだろうか。あの女傑のことだから、胸に一物《いちもつ》あるに違いない。

「自分の知恵と俺の蛮勇が組み合わされれば、この世に恐いものなんぞない、ということかな」

と、つぶやいた。

それはそれでよかろうと思った。

近いうち、渓声庵に寄ってみよう。

なにか、おもしろいことがおこりそうな予感があった。

つぎは、精一郎の手紙だ。

俺の無学を知っているから、もちろん漢文ではない。むずかしい漢字も使わず、平易な和文で書いていた。

そこには、
水戸藩士二名がひそかに貴殿を付け狙っているようなので、くれぐれも用心するように——

という意味のことが記されていた。

男谷道場には水戸藩士もかよっている。道場主と俺の関係を知っている者が、そっと注進《ちゅうしん》したのであろう。心配した精一郎が、さっそく注意をうながしてきたというわけだ。

「精さん、ちょいとおそかったな。もう、終わったぜ」

俺は声をあげて笑った。

それにしても、慎重な男だ。近いうち、精一郎のところにも顔を出してみようと思った。いちおう、礼を述べねばなるまい。

そのとき、お信が縁側に出てきた。

そばに茶を置く。

「おい、寝ていなくてよいのか」

「はい。せめて、お茶くらいは入れさせてください」

「うむ、すまんな」

茶碗を取り、ぬるい茶をすすった。

お信が俺の横顔を見ながら言った。

「お民《たみ》は、九月なかばには生まれそうですよ」

「えっ、子供ができるのか。ああ、そうだったな」

お民は、麟太郎の女房である。身重とは知っていたが、九月なかばに出産と聞いていささか驚いた。迂闊《うかつ》にも、まったく忘れていたのだ。俺たち夫婦にとって初孫となる。

「めでたいではないか」

「めでたいことには違いないのですが、暮らしは成り立つのでしょうか。それが心配で」

「案ずるより産むが易いと言うぜ。あいつのことだ、それなりにやるだろうよ。心配するな」

麟太郎は貧乏暮らしと聞いている。なんせ、勝家の家禄《かろく》はわずか四十一俵だからな。

そんななか、子供ができる。だが、精一郎が言ったように、麟太郎はきっと自分で道を切り開いていくであろうよ。親にできることはもうなにもないし、すべきでもない。少なくとも、足を引っ張ることだけはしないほうがよいだろうがな。

「わしらも、いよいよ爺さん婆さんになるな」

「そうですね」

しみじみと言い、お信が涙ぐんだ。

ガラにもなく、俺も万感胸に迫るものがあった。おはなとお順はまだ嫁入りこそしていないが、この俺が三人の子供を育てあげたのである。信じられない気がする。俺がというより、すべてはお信のおかげかもしれないな。

庭をスッと黒い物が横切った。

「燕《つばめ》か」

「はい。雛《ひな》がかえったようです。ピイピイ鳴いているのが聞こえますよ」

「そうか。親鳥がせっせと雛に餌《えさ》を運んでいるわけだな」

岡野家の母屋の軒には燕の巣がある。ことしもつがいが戻ってきて、懸命に子育てをしているようだ。

ふと「苦労をかけたな」ということばが浮かんだ。しかし、なまじそんなことを口にするとかえってお信が気味悪がるであろうと思ったから、俺は黙っていた。

「頼んでまいりました」

下男が勝手口からはいりながら言った。

鰻屋に注文してきたのだ。

まもなく、蒲焼の出前が届くであろう。

とんび侍《ざむらい》喧嘩《けんか》帳《ちょう》

永井《ながい》 義男《よしお》

学研M文庫

2007年7月19日　初版発行

発行人——大沢広彰
発行所——株式会社学習研究社
東京都大田区上池台4-40-5 〒145-8502
印刷・製本—中央精版印刷株式会社

★ご購入・ご注文は、お近くの書店へお願いいたします。
★この本に関するお問い合わせは次のところへ。
•編集内容に関することは—— 編集部直通 03-5447-2311
•在庫・不良品（乱丁・落丁等）に関することは——
出版営業部 03-3726-8188
•それ以外のこの本に関するお問い合わせは下記まで。
文書は、〒146-8502 東京都大田区仲池上1-17-15
学研お客様センター『とんび侍喧嘩帳』係
電話は、03-3726-8124
落丁・乱丁本はお取り替えいたします。
定価はカバーに明記してあります。

な-13-9

第14回
歴史群像大賞

《選考委員》(敬称略)
川又千秋・桐野作人・中里融司

《募集内容》

戦国・大戦シミュレーション、戦記、ミリタリーなどを中心とした小説や歴史・時代小説。
未発表作品に限る。

●**応募規定**　400字詰原稿用紙換算で200枚以上の完結した作品であること。※A4、縦書き40字×40行（ワープロ可、FD添付）。表紙にタイトル、氏名(ペンネームの場合は本名も)、住所、電話番号、年齢、職業を明記。別稿で400字5枚以内の梗概(あらすじ)を添える。

●**応募資格**　プロ・アマの別は問わず。

●**賞**　大賞100万円　優秀賞30万円　佳作10万円

●**発表**　「歴史群像」2008年6月号 誌上

●**応募先**　〒141-0022
東京都品川区東五反田1-22-1　五反田ANビル2階
(株)学研　歴史群像編集部「歴史群像大賞」係

●**その他**　入賞作の出版権・映像化権は小社に帰属。応募原稿は原則として返却せず。

●**問い合わせ先**　☎ 03-5447-2311　学研「歴史群像大賞」係
http://www.gakken.co.jp/rekishi-shinsho/

締切：2007年9月1日（編集部必着）